石田衣良

ISHIDA IRA

電子の星

池袋ウエストゲートパークⅣ

IKEBUKURO WEST GATE PARK Ⅳ

文藝春秋

電子の星——池袋ウエストゲートパークⅣ

▼目次

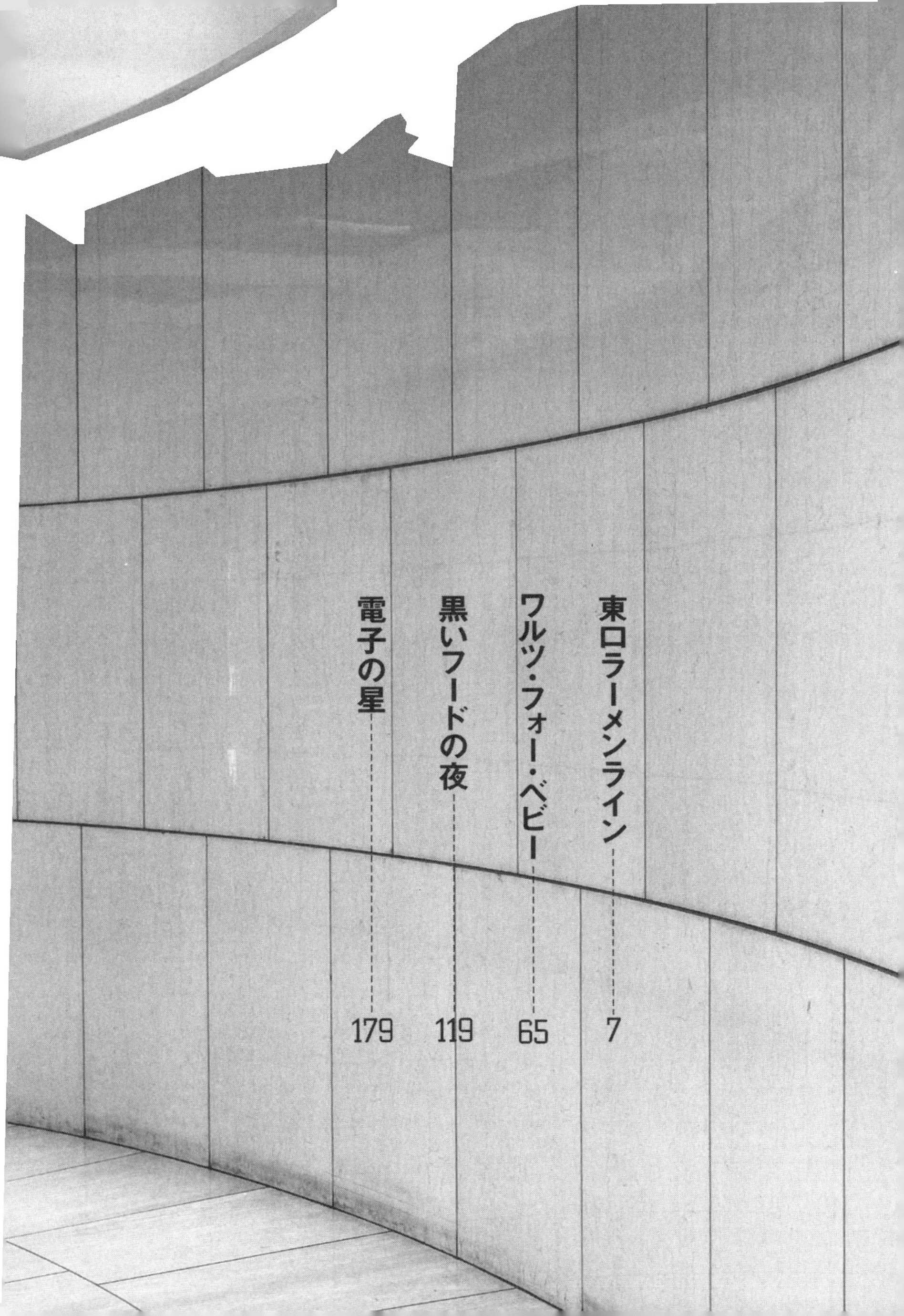

写真（カバー・目次）　新津保建秀
モデル　森絵梨佳
（キリンプロ）
装幀　関口聖司

電子の星——池袋ウエストゲートパークⅣ

東口ラーメンライン

不景気もどんづまりのニッポンで最高のヴェンチャービジネスがなにか、あんたは知っているだろうか？

夢も希望もある若いやつがいまだに目を輝かせ続々と参入している業界だ。もちろんそいつはITバブル崩壊後のコンピュータ関連ではない。最先端のソフトウエアやネットワークは必要ないのだ。それどころか理工系の大学をでていなくても平気だし、キーボードのブラインドタッチなどなんの役にも立たない。

大切なのは舌とセンスと根気だけ（どんな仕事でも続けていくには多少の運は欠かせない）。開業資金だってたかが知れてるし、ごく少人数でもスタートは切れる。人生逆転の一発勝負が狙える旬の職種だ。

こたえはなんと、ラーメン屋。

なかなか気のきいた話だが、最初にそれに気づいたのは残念ながらおれじゃない。おれがコラムを書いてるファッション誌のカメラマンだ。どこかのストリートブランドの新作を撮るときなど、眉をきれいに整えた男性モデルでは格好がつかない。こぎれいすぎて生活感が足りないし、本来青春がもっているはずの（ほんとか？）いちずさやピュアな感じが写真にでないという。そこでカメラマンはロケハンをかねて、東京の街のあちこちでモデル探しをやるはめになる。

そして、やつはいい穴場を見つけた。歩き疲れてふらりとのれんをくぐった池袋のラーメン屋。きれいにふき清められたカウンターのむこう側で、アルミニウムの寸胴がぐつぐつと乳化したトンコツのうまみを濃縮している。てきぱきと立ち働いているのは、きりりと締まった顔をした若い男が何人か。髪は汗に濡れた藍染めの日本手ぬぐいでちゃんとまとめられている。腹の底から響く声と麺のゆで具合を確かめる真剣な目つき。一杯八百五十円の味玉チャーシュー麺で、いくらでもモデルオーディションができるカメラマン天国ってわけだ。

やつがその店でスカウトした店員ふたりが、この冬流行予定のフードにタヌキのボアをつけた黒いコートを着て早朝のグリーン大通りに立ち、二週間後には雑誌の表紙を飾ることになる。

ファッションなんて表面だけだなんていうけど、ちゃんと時代を映す鏡になっているよな。芸能界で楽して生きようなんてモデルより、荒れた手で毎日百本もネギを刻むラーメン屋の店員のほうがカッコいい時代なのだ。

その証拠に池袋のラーメン屋ではいつだって店の外に長い行列ができている。有名店の月間売上は天文学的な三千万円に迫るそうだ。いい仕事をしてるやつをきちんと評価するシステムが確立している業界なのだ。十年以上も沈みっぱなしのこの国で、補助金も談合もなしに、そんなことがあたりまえにできる産業がほかにいくつある？

同じ店員仲間として、おれの鼻だって高くなるというものだ。

台風がいくつかとおりすぎて、狂った夏がいきなり秋に衣替えした十月の終わり、おれはタカシから電話を受けた。そのときおれが宝石みたいに大切に店先に並べていたのは一個千円もするソフトボールサイズの新高梨だ。売りものに傷がつかないようにざらりと荒い手ざわりをそっとおいて、携帯のフラップを開ける。

「今日もヒマか、マコト」

自慢じゃないがこの数年、うちの店は恒常的にヒマだった。池袋の七不思議のひとつだ。なんでくえているのかわからないさびれた商店街のなかの果物屋。おれの給料が限りなく安いせいかもしれない。うんざりしていった。

「店のまえに行列ができてるよ。おれから買うとなぜか糖度が十パーセントはあがるんだって。魔法の手だな」

ストリートギャングの王様はあっさりとおれの冗談を無視する。

「なるべく早い時間に会えないか。今、おれは七生《なお》にいる」

七生はこの七月、激戦区池袋東口にオープンしたラーメン屋だ。店のオーナー兼した働きはなんとGボーイズを卒業したあのツインタワー1号2号。開店当初はおれも古いよしみでよく顔をだしていた。

「ふーん、なにかおれに仕事でもあるのか」

タカシは不機嫌そうにいった。

「ああ、おれでなくおまえに頼みがあるそうだ。まだ崩壊していない池袋のツインタワーの双子がな」

へえ、そいつはめずらしいとおれはいい、夕方から始まるラーメン屋のラッシュアワーを避けるため、午後三時に顔をだすといった。その時間なら小腹が空いているから、あの店のあっさり東京風ラーメンだってごちそうになれる。いつも無茶ばかりいう王様にしてはいい提案だった。

うちの店のあるJR池袋駅の西口から、東口にいくにはほとんど無数のルートがある。おれがその日選んだのは、西口公園を抜けてホテル・メトロポリタンを見あげながら、JRのガードをくぐる通行人のすくないルート。

秋晴れのウエストゲートパークでは、ホームレスの将棋大会やラテン系外国人の集会が開かれていたが、すべて穏やかな日ざしのなかの出来事だった。緊張感ゼロ。ここでこの夏一万人を超える観客が集まり、無許可の野外レイヴがおこなわれたなんて嘘みたいな話。

都会育ちのおれには、天高く馬肥ゆるなんて言葉にはなんの実感もないが、それでも食欲の秋だけは痛切にわかった。なぜか腹が鳴ってしかたなかったのだ。ラーメンの思考には特殊な副作用がある。いったんラードの浮いたスープや歯ごたえのいい縮れ麵を考えると、実際に口にするまで二度と頭を離れなくなるのだ。ラーメンほど強烈な固定観念になるくいものはない。

おれはファットな綿パンに紺と白のボーダーの長袖カットソーで、ぶらぶらと澄んだ空のしたを歩いていた。日ざしはナイフのような切れ味で、日のあたるところと影を切り分けている。熱帯の夏が終わっても、東京の紫外線の強さは変わらない。空に薄い紫のフィルターでもかかっているようだった。

線路したのガードから階段をのぼっていくと、そこはもう池袋東口。まず最初に目にはいったのは、地面近くのかげろうに揺れている行列だ。地元では知らぬ者がないラーメンライン。こんな中途半端な時間でさえ南池袋一丁目の交差点の角を巻いて二十メートルほどの列ができている。背脂たっぷりのトンコツ系本丸めんが人気の無敵家の行列だった。

なにせ池袋東口は今日本で一番熱いラーメン戦争が勃発している街なのである。ラーメン通の常識だ。おれはネットに無数にあるラーメン屋ランキングサイトで確かめたから、そいつはよく知っている。

この街ではスープでスープを洗う激烈な戦闘が日々繰り広げられ、無数の豚と鶏の遺骨が店の奥に積みあげられている。救いを求める飢えた難民の数はとどまるところを知らず、どの店の外にも列をなして群がっているのだ。

全国のみなさん、池袋のラーメン戦争はすごいことになってるあるよ。


南池袋の交差点を中心に半径百メートルの円を描く。そのなかにこの夏まで四軒、ラーメンの有名店があった。最古参といっても六年ばかりまえにオープンした光麺、リブロの出入口の正面にあるばんからら一めん、交差点をガード方向に折れて十メートルほどの麺家玄武、そして角の無敵家。どの店にもそれぞれ特徴はあるが、四軒ともトンコツあるいは家系と呼ばれるトンコツ醤油のこってり味で共通していた。隆盛を極めるラーメン界の現在の主流である。

それだけでも十分な激戦区だったのだが、この夏さらに三軒の店が加わって東口の生き残り競争は激化した。東通りの奥に魚介類の和風だしで鮮烈なデビューを飾った二天、明治通りのインテリアショップ・イルムスのむかいにできたヌードルス、そしてわれらがツインタワーがストリートギャングから足を洗い開店した七生だ。

この戦争でも新旧の対立ははっきりしていた。先輩格の四軒はトンコツの濃厚なスープと太目の麺が売りで、新規の三軒はあっさりしたスープと細麺がトレードマークだ。なかでもヌードルスと七生は、つぎのブームの主役と噂されるトリガラ醤油味の東京ラーメンだった。おれがガキのころ、百円玉を二、三枚もっておやつ代わりにくいにいった懐かしのシナソバである。ナルトとシナチクとぺらぺらに薄い焼き豚が澄んだスープに浮いてるあの昔ながらのラーメンだ。

この激戦はまだ始まったばかりで、勝敗のゆくえは見えていないはずだった。すくなくともこのひと月ほどまえまでは、どの店にも数十人のラーメンラインがいつだってできていた。若い店員が行列の最後尾をお客に教えていたものだ。一番ちいさな七生にだって、長さは短いが立派なラーメンラインが育っていた。

ツインタワー1号2号の依頼はなんだろうか。まさか丼洗いの手伝いはさせないとは思うが、おれにラーメン屋でできることなど限られている。

秋の池袋は平和な街だった。パンツのポケットに手をつっこんで熟れた日ざしの交差点を口笛を吹いてわたった。曲は誰もきかない現代音楽のピアノ作品。ジョン・ケージ。おれはみんなが知らないものをポケットや頭にたくさん詰めこんで、街をゆっくり歩くのが大好きなのだ。

東通りをはいってしばらくすると、七生のオレンジ色の看板が歩道のうえに見えた。だが、おかしなことにいつもなら最低五、六人は並んでいるはずの行列の姿がない。不思議に思い、さらに一方通行の通りを奥にはいった。ラーメン戦争そのものがなくなっているのだろうか。しかし通りのむかいの二天にはしっかり十数人の行列ができている。

通りを戻って、店ののれんをくぐった。この店はカウンター席が一列に十二並ぶだけのシンプルな造り。四方の壁はすべてオーナーみずからが手塗りしたオレンジ色で、腰板の明るいメープル材とよくあっていた。中ほどのスツールに腰かけたタカシがおれの顔を見ると、Gボーイズのハンドサインをだして口を開いた。

「座れ。おまえも気づいたか」

ほんのひと月まえの盛況を知っていれば、誰でもわかることだった。

「ああ、行列がきれいに消えてる」

おれはカウンターのむこうの厨房に立つツインタワーにうなずきかけた。どちらも踏み台にのっているのではないかというほど背が高い。ラーメン屋になってからおれも初めて知ったのだが、この双子の名前は小倉保と実というのだそうだ。兄貴のタモツの身長が百九十六センチ、弟のミノルは兄より一センチでかい。まあそのあたりの一センチなど計測誤差の範囲内だろうが。おれは双子のどちらともなくいった。

「別に仕こみで手を抜いているわけじゃないんだろ」

腕を組んでいたタモツがぎろりと二階から見おろすようにおれをにらんだ。
「ああ、毎日ちゃんと東京シャモの丸鶏を七時間仕こんでる」
やつはうんざりした表情でユニフォームの胸をかいた。紺地のTシャツで胸にはオレンジ色の英文レタリングでBORN　IN　JULY。この電信柱みたいな双子は七月生まれなのだ。だから店の名前は七生。タカシはおれを横目で見て、カウンターのうえにあったノートブックパソコンを開いた。
「見ろ。こいつだ」
液晶画面に浮かぶのはどこかのラーメンサイトのスレッドだった。延々と続く横書きの文章のなかに、その悪口がぱらぱらと散っていた。
［池袋東口・七生のスープには化学調味料が、舌がしびれるくらいどっさりはいってる］
［七生のトリガラは鶏ペストで死んだ病気の鶏だ］
［最近池袋では夜になると金もちの飼い犬が消えるそうだ。七生の硬い角煮はもしかして、セントバーナード？］
［七生のオーナーは前科もちのストリートギャング。あそこは池袋初のぼったくりラーメン屋だって噂］
［もう七生は逝ってよし!!］
おれはディスプレイから目をあげた。どれもこれも悪意に満ちた嫌がらせだった。書きこんだやつのハンドルネームは、ドクター・ラーメン。ふざけたアホだ。タモツがいった。
「ホームページの管理人にいって削除させてるが、やつは名前を変えては何度もしつこく書きこみをしてくる。イタチごっこだ」

おれはうっかり口を滑らせた。

「だけど、この店では味の素なんてつかってないんだろう」

兄のタモツが冷ややかにおれを見ていった。

「うちのは昔風の東京ラーメンなんだぞ。もちろんつかってるさ。ミノル、スープだけ試しにつくってやれ」

弟はあたためた丼にたれをいれ、湯気を天井まであげながらだしをたっぷり注いだ。

「ちょっとのんでみな」

おれは透明な脂の水玉模様が浮かぶスープをひと口すすった。普通にうまい。

「どうだ」

タモツがおれの表情を見てそういった。

「いや、別にうまいけど」

「そうか、じゃあ、どんぶり貸してみな」

やつはおれのまえからどんぶりを引きあげると、カウンターの上段にのせた。アルミのバットから調味料の白い結晶をつまむ。慎重に指先から数粒落とし、スプーンでかきまぜた。おれのまえに丼を戻すと、自信満々の表情でいう。

「のんでみな。そのまえに水で口をすすいでくれ」

おれは冷水のコップを半分ほど空けてから、同じ丼に口をつけた。今度はしっかりうまかった。七生の東京ラーメンの軽くて香ばしいスープになっている。タモツはいった。

「素人はだからだめなんだ。無化調だなんて、なんでもイメージだけで決めつける。人工はだめで、天然ならいいとかな。しっかりとだしを取ったスープに、ほんのわずかつかうと化学調味料はいい味をだすんだよ。まるで別ものになる。うちのラーメンには欠かせないもんだ」

なんにでも奥の手はあるものだ。おれはもうひと口スープをのんだ。プルーストじゃないが、この香りにはおれをかわいくて近所じゃ有名だった小学生のころに引き戻す強い吸引力がある。マドレーヌ、懐かしきパリの日々よ。

「わかったよ。お客はみんな素人で、しかもやつらは自分の舌より、ネットや雑誌の情報のほうを信じてる。この店にとってはありがたくない話ってわけだ」

ミノルがカウンターのしたから、半透明の指定ごみ袋を取りだした。袋の口を開けて、おれに見せる。中身は血の固まりがこびりついたトリガラと野菜クズだった。ミノルがおれをまっすぐに見ていった。

「今朝きてみると店のまえに撒いてあったんだ。うちの常連にきいたところじゃ、この店の悪口をいうやつがこのあたりをうろうろしているらしい。行列の近くでわざと誰かがそんなことをいっていたそうだ。これでマコトへの依頼の筋はわかるよな」

おれはうなずいた。

「悪質な噂でこの店の営業妨害をしてるやつらを見つけ、きついお灸をすえること。でもついでだから、麺もゆでてくれないか。このスープもったいないし、おれ腹へってるんだよね」

タカシがあきれた顔をした。

「おまえ、ほんとにやる気あんのか」

もちろんやる気はあった。ただ目のまえにこんなものをおかれたら、とりあえずラーメンをくうまで頭が回転しないだけだ。

「細かな話はあとできくからさ、早く麵ゆでてくれよ」

おれはいつも思うのだが、なぜハードボイルドの探偵って分厚いステーキばかりくっているのだろうか。普通の人間なら絶対ラーメンやコンビニのおにぎりなんかもたべてるはずなんだが。第一それじゃすぐに理想体重をオーバーしてしまうだろう。内臓脂肪のつきすぎで息切れする探偵。金がないせいもあって、おれがステーキをくうのは二カ月に一回くらいだ。おかげでスリムなままだが、考えてみると別にやせていてもぜんぜんいいことはなかった。


おれはラーメンをくいながら、ツインタワーの話をきいた。嫌がらせは三週間ほどまえから始まっているという。開店から三カ月、ようやく七生のシナソバの評判が定着して、行列ができ始めたころだった。おれはスープを残さずにのんでいった。

「やっぱり東京ラーメンって軽くていいな。おれ、トンコツのスープは全部はのめないよ。だけど、今回のターゲットは簡単だな。ガラやクズ野菜を捨てていくなんて、ラーメン屋の関係者に決まってるし、トンコツ系の店はシロってことになるだろう。だってトリガラなんだから」

また二階でタモツの表情が曇った。おれは化学調味料に続く失言をしたのだろうか。

「マコト、おまえ、ほんとうに幽霊ヴァンやスネークバイトの売人をあげた本人か。あのな、トンコツラーメンだってちゃんとトリガラはつかってるさ。もちろんうちの店だってブタのゲンコツや背脂も仕こんでる。割合とだしの取りかたが違うだけだ」

ふーんといった。おれがラーメンに詳しいはずがない。うまいとかまずいとかいってくうだけなんだから。

そのとき店の奥から水を流す音とリズミカルに包丁をつかう音がきこえてきた。おれはいった。

「あれ、この店ふたりでやってるんじゃなかったんだ」

ツインタワーの双子はどこかばつの悪そうな顔をした。タカシはおれのとなりでにやりと笑う。タモツが調理場に声をかけた。

「あずみ、ちょっときて挨拶してくれ」

まえかけで手をふきながらあらわれたのは、リスのように小柄な女の子だった。年は二十歳になるかならないか。紺のTシャツとベージュのコットンパンツという制服は雲をつく双子といっしょだが、こちらはぐっとかわいく似あっていた。

「こいつがまえに話したマコト。嫌がらせの犯人を見つけるように頼んだ。明日から毎日顔をだすようになるから、挨拶だけしておいてくれ」

あずみはとがったあごをつつましい胸に沈める。ふれたら跳んで逃げてしまいそうな小動物のようだった。ぺこりと短髪の頭をさげた。

「よろしくお願いします。矢島あずみです」

頭をさげたときに首のうしろに関節が浮いて見えた。あらためて見ると腕なんか竹刀くらいの細さ。鶏の手羽先だってもうちょっと肉がついている。おれはいった。

「ちゃんとバイト代とまかない飯をくわせてもらってるのか。だいたいこのふたりの足元で働こうなんて、よく怖くないな。こいつらが足を滑らせたら、あんたは餃子の皮みたいにつぶされるぞ」

客のいない店のなかでタカシひとりが笑い声をあげた。ツインタワーはそろって露骨に嫌な顔をする。凶悪な面相。やつらが現役Gボーイズだったころ、敵対するチーマーがこの面を見たら震えあがったことだろう。あずみは白いのどを見せて双子を見あげた。にっこりと笑っておれにいう。

「いいえ、タモツさんもミノルさんもすごく優しいです。わたしいつも長続きしなかったんだけど、このお店ならずっとがんばれるかもしれない」

そのときおれは信じられないものを見た。あわせて身長四メートル（にわずかに足りない）この双子が、巨人の松井みたいなごつい頬をさっきの調味料分くらい赤く染めたのだ。おれはびっくりしてタカシを見た。池袋のイケメンの王様はおれの耳元でささやく。

「双子は女の趣味も似るというが、あれはほんとうかもな」

そういうことか。恋も仕事もトラブルも、全部この四坪ほどの調理場のなかにある。なんだかラーメン屋って楽しそうだ。あずみといっしょにキャベツやナルトを切るのも悪くないかもしれない。

タカシのパソコンからフロッピーを抜いて、おれはポケットにいれた。書きこみのあったラーメンサイトのアドレスと削除まえの嫌がらせが記録してある立派な証拠品だ。

その足で東池袋のデニーズにむかった。もう顔なじみになった情報屋ゼロワンに会いにいくために。やつは一日中サンシャインシティが見える窓際の特等席に座り、来客とデジタルの神様が自分だけに送ってくれるメッセージを待っている。腕はいいがかけ値なしの変わりもの。逆よりはずっといいけれど、なぜかおれのまわりにはそんなやつばかり集まる。きっとおれが普通すぎるせいだろう。

おれがボックス席の反対側に尻を滑らせると、話しにくそうにやつはいう。

「こんなときによくきたな」

細い鼻筋の終わり、右の小鼻にパチンコ玉くらいのピアスが新しくついていた。まわりが赤く腫れあがっている。スキンヘッドの頭皮に埋めこんだインプラントだけでは足りないのだろうか。おれはフロッピーをテーブルにおいた。ゼロワンは小鼻に手をやってから、ノートパソコンの一台にフロッピーをさしこんだ。ガス漏れみたいな声でやつはいう。

「金属アレルギーかな。今度のピアスが肌にあわなくてな」

ちいさな嘘と人体改造は癖になるという。ゼロワンはマウスでさっさとフロッピーを開いて、画面を見つめている。七生の営業妨害の件を説明した。ゼロワンは途中でうるさそうにさえぎった。

「わかってる。どこかのサイトにこいつが火をつけたら、おまえに知らせればいいんだろう。それでやつが接続してるコンピュータの位置を教える」

さすがに北東京一のハッカーだった。

「それでいい。さすがにのみこみが速いな」

ゼロワンは不機嫌そうにいった。

「鼻の頭が化膿してるのに、頭がまわるわけがないだろう。日本人の半分がネットにつながって、おれにくる仕事のほとんどがこの手のクズ仕事になった。たいていの犯人は根性のない愉快犯だ。待ってろ」

そういうとゼロワンはなにか新しいソフトを画面に呼びだした。ガラス球のような目でおれをまっすぐに見つめながら、キーボードをたたく。

「キーワードは池袋東口、ラーメン、七生でいいか」

おれにはなにがなんだかわからなかった。素直にそういう。笑うと小鼻が痛むのだろう。顔を中途半端に歪めたまままいった。

「こいつはおれがつくった自動追尾ソフトだ。あちこちのサイトをクモみたいに這《は》いまわってキーワードをふくんだ書きこみに反応する。それでおれにサイトと書きこみのあったコンピュータのアドレスを教えてくれるってわけだ」

おれにとってコンピュータというのはメールも送れるワープロにすぎない。生きものみたいに動くソフトなど想像もできなかった。

「キーワードはいくつあってもいいのか」

ゼロワンは退屈そうにうなずいた。おれはいった。

「じゃあ、化学調味料とか、Gボーイズとか、鶏ペストなんてどうかな」

やつは一日に何十杯のんでいるのかわからないデニーズのコーヒーをひと口すすった。

「やめておけ。たくさんの言葉をつかえばなにか重要な情報が手にはいるなんてのは素人の考えだ。実際には引っかかるページが多くなりすぎて手に負えなくなる」

なんだか文章を書くコツと同じだった。数すくない言葉でいかに大切なことを伝えるか。それが最初にできなきゃ、無限の語彙もち腐れ。おれは鼻の頭を腫らしたデジタルの賢者にいった。

「わかったよ。そっちはあんたにまかせる」

ゼロワンは興味なさそうにいった。

「マコト、おまえはどうするんだ」

「明日から丼洗いと薬味のネギを刻むかな」

急にゼロワンがテーブルに身体をのりだしてきた。

「ツインタワーの店って東京ラーメンだよな」

「そうだけど、どうして」

ゼロワンはファミリーレストランの無駄に明るい店内を見わたしてため息をついた。

「おれは最近二年ほど、この店のメニューだけでくいつないでいる。七生が出前をやってくれるなら注文しようかと思ってな」

ハッカーの頭にも強力なラーメンウイルスが感染したようだった。おれは席を立ちながらいった。

「残念だな。七生は出前はやってない。だけど、あんたがこの仕事をばっちりやってくれたら、おれが特別に配達してやるよ。どこにもってくればいい」

ゼロワンは不思議そうな顔をした。

「どこって、このテーブルに決まってるじゃないか」

ファミレスにラーメンの出前！　おしゃれな副都心のいかしたストリート探偵の仕事はどこにいったのだ。

その夜おれは自分の四畳半でラーメン関連のホームページを三時間はしごした。それでもとてもじゃないが全部は見切れない。ネットの時代はすべての消費者が批評家になる時代なのだとわかった。みんな批評すること自体を、実際にラーメンをくうこと以上にたのしんでいる。おしゃべりに新発見に専門知識。乱立するランキング。

これが成熟した都市の文化ってやつなのだろうか。生活には直接必要ないものに膨大な労力をそそぎ、情報ばかりが積みあがっていく。おれはしばらくするとラーメンサイトの無限に続くページが、なんだかバベルの塔に見えてきた。やつらはゲンコツとかモミジとか、スーパーハルユタカとか麵線26番なんて異邦の言葉を叫びながら、塔をさらに高く伸ばしていく。

真夜中おれは面倒になってマックの画面を落として眠った。夢のなかでさえナルトがぐるぐるとまわっている。なんだか息苦しく脂っこいラーメンの夢。

つぎの日からおれは七生の四人目の店員になった。うちの果物屋の店番をおふくろと代わると東通りのラーメン屋に顔をだす。料理の腕はさっぱりなので、もっぱらカウンターをふき、客を誘導し、丼をさげるなどのした働きばかり。おれは客商売には慣れているので、すぐ店に溶けこんだ。

もっともラーメンの味を左右するような重要なところには、ツインタワーはおれを絶対に近づけなかった。麺ゆでやスープづくりはラーメン屋の聖域なのだ。それはアルバイトのあずみも同じだった。あずみはちょっとやせすぎだが、明るく腰が低いので常連客からはすでに人気者だ。夕刻のラッシュアワーのすこしまえ、足りなくなった割り箸やコショウなんかをカウンター席で補給しながら、おれはあずみに話しかけた。双子は奥で明日の仕こみに取りかかっている。

「あずみってなんで、この店で働いてるんだ」

顔だってかなりかわいい。こんなちいさなラーメン屋でなくても、池袋には若い女に人気のおしゃれな雑貨屋やブティックが無数にある。あずみは箸立てにぱんぱんに割り箸を詰めながらいった。

「わたし、誰かがおいしいものをたべるところを見るのが好きなんです。ごちそうさま、おいしかったってお客さんにいわれると、自分のことをほめられるよりうれしくなっちゃう」

変わった女だった。言葉がじゃない。そういうときの目つきがＮＨＫの朝の連続ドラマのヒロインみたいにうっとりと遠くを見ているのだ。天然記念物なみの素直さ。こいつにツインタワーの心は一発でかしいでしまったのだろうか。

「でも、あずみってそういう割にはやせてるよな」

あずみは笑って、醤油さしに業務用の缶から醤油をそそいだ。

「そうなんです。自分ではたべるのが苦手で、いくらたべてもぜんぜん太れないんです。なんだかそういう体質みたい」

どこかのダイエットマニアに刺殺されそうな返事だった。あずみは手をふいて、カウンターの横にまっすぐ立った。澄んだ目でじっとおれを見た。思いつめたようにいう。

「わたし、このお店がすごく好きなんです。なんとか今度の嫌がらせをとめて、まえみたいなにぎやかな七生にしてください。わたしからもよろしくお願いします」

深々と頭をさげる。おれは今どきの若い女からこれほどていねいに頭をさげられたことはなかった。二十数年間で一度も。困ってしまう。

「わかった。できる限りのことはするよ」

確かにツインタワーは見かけは怖そうだがいいやつらだった。七生のラーメンはおれだってうまいと思う。それでもあずみの必死さは、おれになんともいえない印象を残した。

それほどどこの店を守りたいという気もちは、いったいどこから生まれてくるのだろうか。


「マコト、あずみ、先にまかないにしてくれ」

奥からタモツの声がした。おれははーいとオーナーに返事をして、丼に飯をよそった。トイレにでもいくのだろうか、あずみは姿を消してしまった。今回の仕事ではこの時間が一番の楽しみだ。

最近はどのラーメン屋でもうえにのせる具が凝っている。七生の具は店の名前にあわせて七種類。とろとろの豚の角煮、一味をきかせたぴりからメンマ、なかは半熟の煮玉子、ニンニクいりのキャベツ炒め、ゴマ油風味の小松菜のおひたし、最後は東京ラーメン定番の特製ナルトと浅草ノリだ。これだけでも豪華メンバーなのに、好きな客にはこがしネギとガーリックフレークが無料でサービスされる。

具の一番人気は角煮だが、二番人気はなんとキャベツ炒め。半分生のキャベツの甘味が、七生の香ばしい醤油味のスープによくあうのだ。おかげであずみとおれは手が空くといつもキャベツをざくざく刻まされることになる。

おれは白飯のうえに七種類の具を全部のせ、ラーメンのスープだけつくった。口には割り箸、両手に飯とスープをもって、裏の通用口から東通りにでる。店のまえにだした古いパイプ椅子に座り、夕方の街を悠然と眺める。そんなふうにしてかきこむまかない飯はこたえられないうまさだった。道端で幸せそうに飯をくうおれを、このあたりに多い予備校生はどんなふうに見ているのだろうか。厳しさを増す競争社会の敗残者、あるいは若くして一生をかける仕事を見つけた幸運な少数。だが、誰がどんなふうに考えようとその飯のうまさは、おれのなかでは動かない。ちいさいけれど確かなしあわせ。ラーメンのホームページが星の数ほどある理由がなんとなくわかった気がした。

おれが飯を終えて店のなかに戻ろうとしたとき、となりのコンビニと七生の薄暗い境の奥で人影が動く気配がした。人ひとりが身体を斜めにしてやっと通れるくらいのすき間だ。おれは丼を手に店の陰に身を隠し、こっそり奥をのぞきこんだ。

そいつは周囲をきょろきょろと警戒しながら背を丸め、手にした袋菓子の中身を口に押しこんでいた。あごの動きはリスのような素早さだ。あずみだった。なにかを恐れるように自分で買った菓子をもの陰に隠れてくっている。

飛び切りのまかない飯には手もつけないくせに、あずみは七生のことが大好きだという。主食はコンビニの菓子なのだろうか。おれは営業妨害犯だけでなく、あずみのこともそれとなく追うことにした。

女のことを調べるのは、いつだってあまり得意ではないのだが、これも仕事だ。


夕方の六時から始まるラッシュアワーのまえにおれは店の制服から私服に着替えた。店をでて、ラーメン戦争の最中のライヴァル店をゆっくりと見てまわる。光麵、無敵家、ばんから、玄武、二天にヌードルス。どの店のまえにも十メートル以上はあるラーメンラインができていた。

それは七生のまえも同じだ。以前よりはずっと短くはなったけれど、それでもかきいれどきにはしょぼしょぼと四、五メートルの行列ができる。おれは偵察を終え東通りに戻ると、客の振りをして最後尾についた。

ジーンズのポケットには最近取材で大活躍のデジタルカメラがはいっている。厚さは一センチくらい、画素数は二百万と並みのスペックだが、こいつはともかく反応が早かった。フィルムカメラのように取りだして、すぐにシャッターを切れるのだ。反応速度はコンマ一秒。おれの反射神経より素早い。おまけにマイクをつないでやれば、音声のレコーダーとしてもかなり優秀だ。おれのコラムの取材くらいなら、ほぼこれひとつですべての用が済んでしまう。原稿書きはまったく楽にはならないが、道具だけはどんどん進歩していく。

「ご通行のかたに迷惑にならないように、歩道の端にお並びください」

秋本番でもＴシャツ一枚のあずみが店からでてきて、行列に頭をさげた。おれと目があってもそ知らぬ振りをしている。おれのまえの客がいった。

「あとどれくらいかかるんだ」

あずみはのれんのなかに顔をいれ店内を確認してから、業務用とはとても思えない笑顔をつくった。

「申しわけありません。十五分ほどお待ちください」

男は照れたように横をむいた。客たちはみな辛抱強かった。実際にそいつの番がまわってくるまでは二十五分かかったのだ。順番の先頭になるとおれは七生のオレンジ色ののれんのまえで携帯を取る振りをして行列を離れた。

近くの本屋で雑誌を立ち読みして時間を潰し、行列がすっかりいれ替わったころまた七生に戻る。その夜三回おれは行列に並んだ。血の固まりのこびりついたトリガラを撒くやつも、メガホンをもって七生の悪口を叫ぶやつもいなかった。残念ながら空振り。

初日なのでぜんぜんがっかりはしなかった。明日もまたこの店のまかない飯がくえる。それだけでもいつもの事件よりはぐっとましというものだ。


その日の深夜、おれは自分の部屋からツインタワー兄に電話した。背景には音量を絞ったピアノ曲が流れている。昼間口笛で吹きながら交差点をわたったやつ。ジョン・ケージの「プリペアド・ピアノのためのソナタとインタールード」だ。プリペアド・ピアノというのは、弦にゴムやボルトやスクリューなんかをはさんだおかしなピアノ。音はおもちゃのピアノのようでもあるし、オルゴールや古代の竪琴のようでもある。素朴で清らかな音なのだが、どこか響きが抑制されて窮屈そうだ。おれにはその音があずみの飛び切りの素直さと重なるように感じられた。

携帯のむこうではタモツが調子よく酔っていた。

「なんだ、マコトか。店じゃ済まない話なのか」

電話なのだが声をひそめてしまった。

「もうあずみは帰ったのか」

不機嫌そうにやつはうなった。おれはいう。

「あずみはどんなふうに七生で雇うことになったんだ」

タモツはむきになったようだった。

「なにも彼女が犯人だというわけじゃないんだろう」

「違うとは思うけど、気になることがある」

タモツはいらついたようだった。

「なんなんだ、マコト。いいたいことがあるなら、はっきりいえ」

おれは人ひとりがやっと通れるくらいの薄暗い家と家のすき間で、必死に菓子を口に押しこむあずみを思いだした。あのおびえた目とリスのように動くあご。

「悪いけどまだはっきりしてないから、雇い主のおまえにはいえない。今後彼女に不利になるかもしれないだろ。で、どうやってあずみを雇ったんだ」

タモツはため息をついてから、しょうがねえなといった。缶ビールでものんだようだ。のどを鳴らしている。

「あの子は店先に張っておいた求人広告を見て応募してきたんだ。うちの予算じゃ情報誌になんて広告はだせないからな」

「家族は」

「東京にはいないらしい。履歴書で見ただけだが、西巣鴨でひとり暮らしをしているみたいだ。うちまでは都電荒川線でかよってる」

「そうか、家族はいなくて、ひとり暮らしなのか」

おれはいいにくいことをいった。

「七生でだしてる給料じゃ、ひとり暮らしはきついよな」

タモツはまたため息をつく。

「そうだろうな。うちもまだ開店のときの借金がだいぶ残ってるしな。そういい給料はやれない」

おれはわかったといって、電話を切ろうとした。タモツが最後にいった。

「あの噂が飛んでから、うちの店の売上は三割、四割と減っている。このままだとなんとか年は越せても、春には店をたたむことになりそうだ。マコト、おまえのことだから遊んでいるように見えても、しっかりした考えがあるんだろうが、七生をよろしく頼む。おれとミノルの夢が初めて形になった店なんだ」

湿っぽくなったので、おうとひと声叫んで携帯を閉じた。おれにはしっかりした考えなどなかった。いつだってそうだ。誰かの真剣な夢を左右できるほどの人間でもないし、事件などいつも自分の感覚となりゆきにまかせているだけ。

だが、ストリートギャングから足を洗って、なんとか池袋でしのいでいこうとしているツインタワーの依頼をミスるのは、古い友人として許されることではなかった。

電話を切ったら急にやる気がでてきたが、だからといって突然しっかりした方針が夜中に浮かぶものでもない。おれは四畳半に敷きっ放しの布団に横になり、妙に響きのやせたピアノの音をきいていた。


それからの三日間、おれは毎日七生にかよった。店のなかのことをすこし手伝い、行列ができる時間になると店の周辺できき耳を立てる。調べはまったくすすまなかったが、キャベツを刻むのはうまくなった。しかも、ツインタワーはあずみと同じバイト代をおれに払ってくれるし、まかないはくい放題だ。

おれが中央の盛りあがったまな板でキャベツの千切りをしていると、背中をむけていたタモツがいった。

「マコト、けっこう腕をあげたな」

おれの千切りはようやくリズムを刻めるようになったところ。音だけきいてもわかるのだろう。手を休めずにいった。

「この包丁のおかげだと思う。こいつすごく切りやすいからな」

それはつかい古して先が鋭くとがった中ぶりの牛刀だった。毎日研いでいるせいで青黒い刃は半分ほどにやせてしまっている。白木の柄は人の手の形に削られたようだった。あずみが丼をさげておれのうしろをとおった。

「ほんとう。その包丁だとふれただけで切れるから、ほかのはもうつかえないですね」

かす揚げで黙々と寸胴からアクをすくっていたミノルがいった。

「うちのオヤジの形見だ。オヤジは洋食屋のコックだったから、そいつはもう二十年もつかいこんでる。おれたちの年季じゃあ、なかなかそこまでいかないさ」

おれはキャベツを刻みながらいった。

「その店はどうなったんだ」

ミノルはアクをすくう手を休めなかった。

「うちのオヤジは腕はよかったが、ギャンブル好きでな。よくあることだが、人間自分の苦手なものほどのめりこむもんだ。店は人手にわたって、おれたち兄弟は借金取りをごまかす方法ばかりうまくなった。それでぐれちまって、気がついたらGボーイズにはいっていたってわけだ」

長いつきあいになるが、初めてきく話ばかりだった。この双子がお互い以外の人間をなかなか信用しないのには、そんな理由があったのか。おれはキャベツの芯をくず野菜のバットにのせた。ここから甘くていいダシがでる。

「なぜ急にラーメン屋なんか始めようと思ったんだ」

タモツもミノルもしばらく黙っていた。作業を続けながらタモツが背中越しにいった。

「Gボーイズで池袋をぶいぶいいわせるのはたのしいけどな、たのしい時間ていつかすぎちゃうもんだろ。おれたちも年をとり、いつかストリートライフってやつから足を洗わなきゃならなくなる」

そうなのだ。Ｇボーイズだってみんな年を取っていく。結婚して子どもができるやつもいる。いつまでも外で遊び続けることは誰にもできないのだ。いつかは夜がきて、この世界のどこかに自分の帰る場所を見つけなければならなくなる。人ごとではなかった。おれはいったいどこに帰るんだろうか。ツインタワー弟は戸板のような背中を丸めてアクをすくっている。

「そのころおれたち、ラーメンのたべ歩きに凝っててな。ある日押しいれを整理してたら、その包丁がでてきた。お互いなにもいわなくても、その包丁を見ているだけで考えてることがわかったよ。なにか店をやろう。洋食は修業がたいへんだから、ラーメン屋をやろう。一生の仕事なんていっても決めるときはその程度のもんだ」

おれは新しいキャベツにツインタワーのオヤジが残してくれた包丁をいれた。勝手に薄緑の葉が裂けていくようななめらかな手ごたえ。水でも切っているようだ。

「ふーん、じゃあこの店を開くのに、ぜんぜん修業とかしてないんだ」

あたりまえのようにツインタワー兄はいう。

「味を決めるのに何カ月もかけて試作品はつくったけど、おれたちは誰のところでも修業してないし、誰かの味をまねたりもしていない。だってせっかく自分たちの店をだすんだぞ、そんなことをしてちょっとくらい儲けてもつまらないじゃないか」

寸胴に汗を垂らしながら、ツインタワー弟もうなずいた。そうやって七生のこの東京ラーメンができた。ストリートギャングのヴェンチャービジネスなんて冷やかしていたが、なかなかたいしたものだった。でかいだけだと思っていた双子を見直してしまう。

なにか冗談でもいって空気を軽くしようと顔をあげると、シンクのまえで丼を洗いながらあずみが肩を震わせていた。泣いているのだろうか。おれはびっくりして双子のほうを見た。なにも泣くような話などなかったと思うのだが。ツインタワーも驚いてあずみを見ている。

「ごめんなさい。わたし涙もろいのかな。やっぱりこのお店っていいなあ。タモツさんとミノルさんが働いているところを、お父さんに見せてあげたかった」

おれは不思議に思って、手ぬぐいで涙をふいている女にいった。

「そっちのオヤジさんもなくなったのか」

あずみはてきぱきと丼洗いに戻った。

「生きているとは思うけど、どこにいるのかはわからないです」

ミノルが初めてアクをすくう手をとめた。

「でも、履歴書にはおとうさんの名前もあったはずだ」

あずみは泡を飛ばして荒っぽく丼を洗っている。

「戸籍上はそうだけど、あの人はほんとうの父親じゃありません」

あずみの背中が硬くなり、続きを拒否していた。おれたちの話は自然にほかのネタに移った。ツインタワーの双子はクレーン車よりほんのすこし背が低いくらいだが、ああ見えて神経は細かい。それが恋する女相手ならなおさらだった。


張りこみ四日目のことだった。十一月になり東京も木枯らし一号を記録した土曜日。おれは今年初のレザージャケットを着て、何度目かの行列に並んでいた。さすがに週末の夜で、短くなったとはいえ七生のまえにも交差点方向に十メートルはある立派な行列ができていた。北風に震えていると、声高になにか話しながらカップルが腕を組んでとおりすぎた。男のほうがいう。

「こんな店によく並ぶよな。インスタントのタレと化学調味料のダシなのに」

男は紺のスーツ姿だった。スーパーマン役の俳優がかけていたような黒く四角いセルフレームのメガネに長めの前髪がかかっている。女はＯＬではないようだ。ピンクのフェイクファーのコートにゼブラ模様のスカート。髪はとうもろこしの房のような黄色。同伴出勤のキャバクラ嬢みたいだ。派手な声で返事をする。

「ここってそんなにまずいの」

おれはポケットから無造作にデジタルカメラを取りだした。手のひらのなかにすっぽり収まるおおきさ。指のあいだから魚の目玉ほどのレンズをのぞかせてカップルを撮った。女はコートと同じファーづかいのショルダーバッグから携帯をだして画面を確認している。男が吐きだすようにいった。

「ギャングがやってる店だし、なにを仕こんでるかわからない。誰かの小指だったりしてな」

もう嫌だー、キモイーといって、女が男の肩をたたいた。カップルはそのまま東通りの奥に歩いていく。おれは行列を離れてあとを追った。何枚かうしろ姿も撮影する。雑司谷中学の塀のまえをグリーン大通りのほうに曲がっていくカップルのあとを、おれはすこし距離をおいてつけた。男はその通りに新しくできた和歌山ラーメンの店のまえで立ちどまっていた。客のいりやおもてに張りだされたメニューをしばらく眺めている。女がいった。

「もういいでしょう。狙いはあの店だけなんだから」

女はコートの襟を立てて先に歩きだした。手帳にメニューを写していた男はあわててあとを追う。おれはラーメン専門の諜報部員のような男をあきれて見つめていた。


カップルが別れたのは、サンシャイン60階通りだった。通りの反対側から見ているだけでも会話の内容はだいたい予想がついた。女は営業スマイルでいう。

「今度はお店のほうにも顔をだしてね」

だが、男のほうは一刻も早くその場を離れたそうだった。そこはキャバクラとファッションヘルスばかりが入居したビルのまえで、歩道は七色のネオンサインで昼間のように明るく照らしだされている。女がエレベーターに消えると、男は足早に池袋駅のほうへ歩きだした。強い北風のせいで駅のうえの夜空がやけに澄んでいた。おれはレザージャケットの背中を丸めて、週末の人ごみのなかやつのうしろ姿を追った。

スーツ男は駅まえのロータリーで左折して、明治通りを南池袋方向に歩いていく。このあたりは最近ブランド店の新規オープンが続いて、なかなかおしゃれな街になっている。もっともここは池袋なので、ビームスの出店だってストリートカジュアルの専門店だ。男はヌードルスの行列を顔をそむけてとおりすぎて、同じ建物の横手にあるエレベーターにのりこんだ。エレベーターが三階でとまるのを確認して、おれはその場を離れた。このビルはできたばかりの九階建てで、一、二階はラーメン屋がはいっている。どうやら男はヌードルスの関係者のようだった。

ビンゴ！　実際の事件などいつだって、わかってみれば簡単なものだ。東京ラーメン対東京ラーメンの予想どおりの闘い。おれは男の背中を映した映像をデジカメの液晶画面で確認しながら、ヌードルスの行列の最後尾についた。

ここの行列はほかのところとはひと味違っていた。だいたいラーメン屋の行列というのは男が圧倒的に多い。女がまぎれこむことはあるが、ほとんどは男の連れの女だ。だが、ヌードルスの行列は七三で若い女のほうが多かった。ガラスのウインドウ越しに店をのぞくと、ラーメン屋というよりエスプレッソスタンドのような造りだった。

カウンターは赤のピアノフィニッシュ、黒革のバースツール、うえから一席ごとにさがるのはヘアライン仕あげのアルミニウムのブランケットだ。床は黒と白のタイルのチェッカー模様。どこかのおしゃれなバーのようだった。

若いウエイターはソムリエのように黒いエプロンで細い腰を締めあげている。太った男はいない。明らかに女性客むけのサービスだった。行列は二十メートルは続いているだろうか。行列専門家のおれは待ち時間を四十から四十五分と読んだ。

たっぷりと時間はあるので携帯のｉモードでラーメンサイトに接続する。サイト内検索で探すのはもちろん池袋東口のおしゃれなラーメン屋、ヌードルスだ。おれは十一月のランキング六位を記録したという店の紹介コピーを読んだ。

ヌードルスの親会社は大手総合商社の外食部門だという。最近あちこちで繁盛店を企画している有名なラーメンプロデューサー、大谷雅秀（おれはそんな肩書きがつくのは映画か音楽だけだと思っていた）の新作だそうだ。どうりで新規開店する店の多くが似たような味のわけだ。内装はまた別な有名デザイナーの作品で、席数は上下階をあわせてなんと百二十を超えている。マックやスターバックスも顔負け。池袋の目抜き通りに巨大な吹き抜けの路面店をだす。それだけでもたいへんな資本を投下していることだろう。

おれは同じサイトのランキングをのぞいて、ちょっとびっくりした。億を超える大資本をおごったヌードルスが六位で、開店資金はせいぜい数百万の七生がちゃっかり八位にはいっている。しかも赤丸つきで急上昇の新顔。

これではヌードルスの誰かさんが頭にくるのも無理はなかった。

夜の八時まえに店内に案内された。カウンターのむこうは厨房というよりぴかぴかに磨かれたステンレスのステージのようだった。おれは長髪をうしろで束ねたハンサムなウエイターに一番人気とメニューに書いてあった海鮮ヴェジタブルヌードルスを頼んだ。なんでラーメンをいちいち複数形で呼ばなければならないのだ。アホらしい。日焼けしたウエイターは妙にこじゃれた調子で下唇をちゃんとかんでVを発音した。おれはデジタルカメラの画面を見せて、無邪気にやつにきいてみる。

「ねえ、さっき並んでるときに撮ったんだけど、この人有名なラーメンプロデューサーの大谷さんじゃないかな」

ウエイターは腰をかがめて画面をのぞくと、にこやかに返事をした。

「違いますよ。この人はうちの店長です」

スツールから飛びあがって踊りだしたい気分だったが、おれは笑いをかみ殺した。

「ふーん、そうなんだ。おれも実はラーメン屋やりたいんだよね」

サービスの時間には秒単位の制限があるようだった。それ以上おれの相手はせずに、ウエイターは無言でほほえむと前髪をかきあげていってしまった。アルバイトをあわせればこの店を切り盛りするには二十人近い人手は必要だろう。店長なら給料だってかなりもらっているはずだ。それなのにじきじきに見え透いた嫌がらせをする。おれにはエリートのやることはいつだって不可解だ。


ラーメンはすぐにやってきた。白木の盆のうえにラーメン丼と杏仁豆腐のガラスの器、そしておまけで赤い紙袋にはいったフォーチュンクッキーがついている。店長は不可解でもヌードルスのラーメンはちゃんとうまかった。極細の縮れ麵にトリガラのあっさりスープ。具はエビやイカやホタテの半生のローストだ。こげたネギとピーナツ油の香りがなかなかだった。おれは最後の一滴までスープをのみ干して思った。

悪い人間がつくるラーメンはまずくて、いい人間がつくったラーメンはうまいのなら、世界はどれほどすっきりとわかりやすくなることだろう。作者の人間性と作品のあいだになんの相関関係もないのは、芸術もラーメンも同じだった。

おれは思うのだけど、この皮肉で残酷な世界をつくったどこかの神様だって、もしかしたらすごく善良でいいやつなのかもしれない。空のうえから哀れなおれたちを見おろして、きっとため息をついていることだろう。

善き意思から生まれた失敗作。でも大傑作より失敗作のほうがロマンチックな感じでいいよな。おれはそっちのほうが積極的に好きだ。


七生に戻ったのは夜九時すぎだった。土曜の夜の九時はまだまだラッシュの時間。おれはレザージャケットを脱いで、紺のTシャツ一枚になるとすぐに店の手伝いを始めた。ツインタワーに報告することがたくさんあったが、やつらに客の注文以外をさばく余裕などまったくなかった。

おれたちがひと息ついたのはのれんを店のなかにしまった十一時すぎだった。テーブルをふいているあずみにおれはいった。

「もうずいぶん遅いぞ。帰らなくていいのか」

ひとつでも汁の染みなどが残っているのは気にいらないようだった。あずみは力をいれてていねいにカウンターをふいている。

「ええ、都電って夜の十二時近くまであるんです。庚申塚までなら十分ちょっとだし」

おれは腕時計を見て、ツインタワーに声をかけた。

「ちょっといいかな。店の奥にきてくれ」

タモツは厨房のパイプ椅子に座り、ミノルはキャベツの段ボールに腰をおろした。おれは調理台にもたれて立っていたのだが、それでも目線の高さは同じくらいだ。

「犯人がわかったよ」

タモツがにらみつけるようにおれを見た。

「どいつだ」

おれはデジタルカメラを取りだし、画面をいくつか見せてやった。キャバクラ嬢と七生のまえで悪口をいっているシーン、和歌山ラーメンのメニューを写すうしろ姿、ヌードルスの脇のエレベーターを待つ横顔。ちいさな画面に巨大な双子が肩を寄せあっている。

「行列のわきで悪口をいってた。ヌードルスの店長だってさ」

ミノルが凶悪な顔をした。

「なんだよ。あんなに金があるのに、うちみたいな貧乏店にちょっかいだすことないだろうが」

おれもそう思うのでうなずいた。タモツは冷静だった。

「あちこちのラーメン屋ランキングであそことうちはいい勝負をしてる。なかにはうちのほうが上位にはいってるサイトもある。同じ時期に同じ街で店を開けて、味の傾向も似てるとなると気になるのかもしれないな」

おれは腕を組んでいった。

「それにヌードルスはどこかのプロデューサーの作品なんだろ。七生みたいにオリジナルの味じゃないから、いくらうまく商売が運んでいても、どこか不安なのかもしれない」

誰かに教わったとおりのことをマニュアルでやっているやつは、いつだって不安なものだ。ミノルの怒りはおさまらないようだった。

「なにが日本を代表する財閥だ。街のラーメン屋のあがりにまででかい商社が手をだすことはないじゃないか」

おれはまたそう思ったのでうなずいた。うなずいてばかりでは話がすすまないので、ツインタワー兄にきいてみる。

「それで、こいつをどうすればいい」

血の気の多い弟が冷蔵庫のように四角い肩をほぐしながらいった。

「軽くはたいて、骨の髄までびびらせてやるか」

タモツは首を横に振った。

「もうおれたちはストリートギャングじゃないんだぞ。力でいうことをきかせるのは最後の手だ。なあ、マコト、こういう証拠を集めて弁護士なんかに相談するとどれくらいの金がかかるんだ」

「行列のできる法律相談所」か。もっとも東京は人が多いから、たいした店でなくてもすぐに行列ができてしまう。おれは首をひねりながらいった。

「よくは知らないけど、十万単位で金はかかるし、時間も何週間かはかかるんじゃないか」

ミノルがキャッチャーミットくらいあるにぎりこぶしを目の高さにあげた。

「だからおれにいかせてくれよ。夜中に店をでたところを、がつんと一発お見舞いする。むこうだってうしろめたいところがあるから、サツになんか届けないさ」

タモツが首を横に振った。

「やめておけ。むこうは金があるんだ。仕返しにおれたちが襲われるのはいい。だが、この店やあずみが狙われたらどうする。やつはどこかの商社のエリートかもしれないが、ちょっとここが危ない男だぞ」

ツインタワー兄は万年筆くらいの長さがある人差し指でこめかみをたたいた。弟は荒い鼻息をはいておれにいった。

「マコト、おまえはどうすればいいと思う」

おれは別にどちらでもよかった。ああいうやつは曲がった根性がまっすぐになるまで、ミノルのサンドバッグになるのもいい経験だ。だが、ミノルを犯罪者にするわけにもいかなかった。

「やつの弱いところを突くのがいいと思う。取りあえずもうちょっと証拠を集めてから、じかに話をする。それでだめなら、あいつの会社にのりこんで、やつのやってることを洗いざらいぶちまけたビラでも撒いてやろう。あの手の人間は自分の身内に弱いもんさ」

だから外の、しかもちいさな組織の人間にはいくらでも冷酷なことができる。おれはそのとき背中でなにかが動いた気がして、厨房の奥からカウンター席を振りかえった。ちょうどからからと引き戸が開く音がする。あずみの声は不自然なほど明るかった。

「それじゃ、お先に失礼しまーす」

ツインタワーはあわてて腰を浮かせたが、おれはそのまま腕を組んで考えていた。あの女はいったいどこの誰なんだろう。まさかヌードルスの店長が雇った女諜報員とは思えないが、妙に気になる女だった。

池袋ではあまり見かけることのない無類の明るさと素直さ。


つぎの週もまた七生にかよった。なんだかラーメン屋の店員というのは、おれにぴったりの仕事みたいだ。うちの果物屋とどちらが本職かわからなくなる。水曜の午後おふくろと店番を代わり、西一番街の通りにでるとおれの携帯が鳴った。スーハー、スーハー、ダースヴェイダーみたいなガス漏れ声。ゼロワンだった。

「マコトか、今すぐ動けるか」

「ああ」

「やつがネットに火をつけ始めた。今回のハンドルネームは麵キング。ネットに接続してる場所は池袋のヴァージンだ」

おれは東口にむかっていた足をとめて歩道をUターンした。携帯にむかって叫ぶ。

「西口のマルイの裏にある店か」

ゼロワンはしばらく黙って、返事をよこした。

「住所が西池袋三丁目だから、きっとそうだろう」

おれはわかったといって携帯を切ろうとした。ゼロワンはあわてていう。

「おい、このまえの約束覚えてるだろうな」

約束？　おれはなにかやつに約束などしただろうか。

「今回の件が片づいたら七生のラーメンを出前するってやつだ」

やつはそんなことをまだ覚えていたのだ。おれは西一番街を劇場通りのほうに走りながら叫んだ。

「わかってる。それでなにがいいんだ」

めずらしく天才ハッカーは迷っているようだった。

「七種類の具が全部はいってるやつはなんていうんだ」

おれは歩道の敷石をうしろに飛ばしながらいった。

「七生ラーメン全部のせ、そいつ一丁でいいんだな」

「ああ、大盛りで頼む」

おれはようやく通話を切って、ちぎれ雲をほんのすこしトッピングした池袋の空のした蹴り足に思い切り力をこめた。


ヴァージン・メガストアは何年かまえまではマルイの地下にあったのだが、場所を移転していた。といってもすぐ近くで、劇場通りを一本はいった交差点の角だ。むかい側にはいつも空いてるインテリアの専門店インザルームがある。おれはレコード屋が見えるところに着くまで久々に全力疾走した。ガラス張りの正面が見えてくると、息を整えて足早の歩行に切り替える。

おれがその店にいくのは数カ月ぶりだった。移転に際して商品構成がすっかり変わってしまったのだ。若いやつには売れゆきが望めないクラシックやジャズは大幅に切りつめられ、日本やアメリカのポップスとハリウッド映画のＤＶＤが主力に様変わりしている。そいつは全国的なレコード屋の傾向だった。時代は変わる。今ではクラシック音楽などＪポップの消費税分ほどしか売上に貢献しない。自然におれの足も遠ざかるというものだ。

信号のない交差点を斜めにわたり、ガラスの自動ドアを抜けた。最初にでむかえてくれたのはまるで観る気がしないブルース・ウィリスの新作だった。おれはＤＶＤの棚を突っ切り白いパンチングメタルの階段にむかった。二階は縮小されたクラシックコーナーとＡＶ機器売り場、そして交差点を見おろす角には名物の無料インターネットサービスがある。

おれはＣＤラックを抜けて奥のブースに移動した。手のなかにはデジタルカメラ。いくらつかっても無料ということもあり、ここのサービスはインターネットカフェなどよりも断然混雑していた。いつもバックパックを背負った外国人の旅行者なんかがコンピュータを占拠して、なかなか順番がまわってこないのだ。

窓際にはカフェのような白いカウンターが伸びて、そのうえに四台のデスクトップが並んでいた。スツールはすべて埋まり、パソコンは使用中。混雑緩和のために増設されたのだろうか。さらに三台のノートブック型もあった。こちらも満員。順番を待つ人間はカウンターのうしろにあるソファに行儀よく並んで座っている。

染みのついたスエットシャツを着た金髪の外国人のとなりに見覚えのある男がいた。ヌードルスの店長は唇にかすかに笑みを浮かべながらキーボードをたたいていた。また同じ紺のスーツ姿。白いシャツにスーツと同系のタイ。もしかするとおしゃれなのかもしれない。もっともおれはＶゾーンの色あわせなど生まれてから二、三度しかしたことはないのだが。

おれは列の最後につく振りをしながら、ディスプレイの中身を確認した。ＢＢＳのウインドウの背後には、まうえから丼を映したラーメンサイトのトップページがのぞいている。湯気がでそうなくらい鮮明だった。おれはシャッター音を消したデジカメの撮影ボタンを押した。七生の悪口はゼロワンがフロッピーにでも保存していてくれるだろう。おれはキーボードにかがみこむ店長の横顔とディスプレイも撮影した。そのコーナーではネットの先にあるなにか以外には、誰も目のまえにいる人間に関心はないようだった。おれがなにをしようがひとりも気にするやつはいない。みんなデジタル離人症にかかっているのだ。

コンピュータに夢中になっているときは誰でも意外なほど無防備なものだ。外でネットをやるときはみんなも気をつけたほうがいいよ。


撮影を完了して、おれは店長が書きこみを終えるのを待った。午後一時四十七分、やつは満足したようにキーボードのまえを離れた。なにも買わずにさっさとメガストアをでていく。おれはあとをつけなかった。東口のヌードルスにいけばいつでも会えるのだ。別に問題はないだろう。

おれはCDショップをでると店長の背中を見送りながら、ゼロワンに電話した。

「マコトだ。やつはついさっきネットを離れた」

ゼロワンはぼそりといった。

「時間は」

「一時四十七分」

「場所も時間もコンピュータのアドレスもどんぴしゃだ。おまえがその店長を訴えるというなら、もう証拠は十分だな」

そうだなといって、おれは交差点の先の空を見あげた。さっきまでぽつぽつと残っていたちぎれ雲がすっかりぬぐわれて、濃淡のない澄んだ青が広がっている。もう間もなくこの街にも冬がくる。ラーメンが一段とうまくなる季節だった。

今回の仕事は七生の東京ラーメンのように軽くてスムーズだった。悪役はモスキート級の軽量クラスだが、おれたちが毎日目のまえにする悪などいつもその程度のものだ。おれはその日のまかないでなにをくおうかと考えながら、ゆっくりと西口公園にむかって歩きだした。いつもこんなふうならおれの副業も楽なものだ。だが、そんなふうに安心したときに限って、途中で話をややこしくするやつがでてくる。

善良な意思から生まれる悪しき行動ってやつ。

その足で東池袋のデニーズにむかった。おれが店内にはいっていくと、いつもの席でゼロワンが待っていた。もう鼻の頭は腫れていなかった。小鼻についたピアスもない。そこにはちいさな穴が開いたままになっていた。おれはやつのむかいに腰をおろした。ゼロワンはいう。

「鼻のことはなにもいうなよ」

おれは肌の弱いハッカーにいった。

「わかってる。今日の分のフロッピーをもらいにきた」

やつはうなずいて、にやりと笑って見せた。テーブルに二台並んだノートブックパソコンのひとつをおれのほうにむける。そこにはヌードルスの店長の社員証が大写しになっていた。特徴のあるメガネと長めの前髪。三田村博也、三十八歳、外食オペレーション部次長。おれはいった。

「どうしたんだ、これ」

ゼロワンはつまらなそうにいう。

「マコトがどっかの総合商社の名前をいっていただろう。その会社のコンピュータに潜りこんでもってきた。ヌードルスの店長ってその男で間違いないか」

手まわしのいい男。これではいつもいそがしいのもあたりまえだった。

「ああ、サンキュー」

ゼロワンはうれしそうにいった。

「それはおれからのサービスだ。金はいいから、七生の出前を三回にしてくれよ」

おれは黙ってうなずいた。いくら了解を得ているといっても、ラーメン丼をもってファミレスにくるなんて、おれの美意識が許さないのだが、それもしかたない。


サンシャイン60階通りにあるキヤノンの出力センターにいった。受付でデジカメのメモリーとゼロワンのフロッピーをわたす。取っておきの何枚かをA４サイズに焼いてもらい、フロッピーをプリントアウトする。特急コースなら二十分であがるという。おれはウイークデイでも週末と同じように混雑した通りを窓から見おろしていた。

おれたちの生活はこうしてどんどん便利になる。あまったはずの時間はみなどこに消えてしまったのだろうか。あんたは夕日が沈むのや雲が空を横切るのを最近ゆっくり眺めたことがあるだろうか。このひと月でほんとうに気もちがかよう誰かさんと心を開いて話をしたことがあるだろうか。

残念ながらおれにはそんな貴重な時間はつくれなかった。今年の年末までだってそいつはきっと無理だろう。別に淋しいとは思わなかったが、どうしてこんな暮らしになるのか不思議に思うのはとめられなかった。いそがしいからといって、金がもうかるというわけでもない。ただ心がツインタワーの形見の包丁のようにどんどん研がれて、細くなっていくだけだ。

プリントアウトを受け取り、出力センターを離れた。事件に終わりが見えてくると、おれはいつもこうしてセンチメンタルになる癖があるのだ。ほんとうはトラブルが大好きで、そのなかにいるときしか生きていないのかもしれない。

おれは北風のなか、背を丸めてラーメン戦争の激戦地に戻っていった。


厨房の奥にツインタワーを呼び、おれはラーメンサイトに書きこまれた新たな悪意を見せてやった。鉄は熱いうちに打てという。おれはその日の夜には、ヌードルスの店長と話をつけることにした。ミノルがいった。

「おれもいっしょにいっていいか」

おれは首を横に振った。ツインタワーの兄はいう。

「やめておけ。ここは最後までマコトにまかせたほうがいい。おれたちが顔をだせば、なにかとややこしくなる。あとでストリートギャングに襲われたなんていわれたら面倒だ」

丼をさげたあずみがやってきて、おれたちは話をとめた。気にする様子もなくあずみはすぐカウンターのむこうに戻ってしまう。ラーメン屋の店員最後のその日、おれは夕方のラッシュアワーまで店を手伝って、すべての具をのせた七生ラーメンをくった。

明日からはしばらくこのラーメンともお別れだ。店のメニューにはないのだが、おれはツインタワー弟に替えの麵だけお代わりした。話しあいの準備は完了だ。

ヌードルスのオーダーストップは夜十時半、閉店は一時間後だ。おれは十一時に店のまえの歩道に立った。明治通りをいききするカップルやサラリーマンをゆっくりと観察する。街では人を見るのが一番のおたのしみなのだ。このごろは流行といっても誰もかれも同じファッションをするなんて雰囲気ではない。いい傾向だ。今年のトレンドはあい変わらずストレッチジーンズとブーツの組みあわせだが、女たちの着こなしはさまざまだった。

おれは携帯の画面を見る振りをして、白い御影石の壁面にもたれていた。真夜中の十五分まえ、まだ昼間のような人通りの歩道に店長がおりてきた。手にはナイロンの3ウエイバッグ。昼間と同じ紺のスーツに黒いステンカラーのハーフコートを重ねている。たぶんグッチ。おれも一度ディスカウントショップで袖をとおしたことがある。値段は確か並行輸入でも八万円。

おれはやつが目のまえをとおりすぎると、ゆっくりとあとを追った。ここから駅まではどこにでも人目があり、おまけに歩いてほんの三、四分の余裕しかない。

さて、どこでお話をしようかな。

ヌードルスの店長はりそな銀行の先で地下街におりる階段にはいった。おれはあわてて同じ階段をかけおりる。そろそろシャッターが閉まる時間で、踊り場の隅には段ボールを敷いたホームレスが寝床の用意をしていた。心なごむ都市の風景。

階段をおり切ると店長は地下通路を有楽町線の駅のほうへ歩いていく。遠くで酔っ払いがなにか叫んでいた。わんわんとしたエコーがほこりくさい通路に響いている。駅につくまえが勝負だろう。おれは早足で追いつくと、店長の肩を軽くたたいた。

「三田村さん、ちょっといいかな」

アルバイトかなにかだと思ったのだろうか、振りむいたやつの顔は落ち着いたものだった。立ちどまった店長はいう。

「きみは誰だ。なにか用でもあるのか」

おれはにっこりと歯を見せてやった。目はぜんぜん笑っていない。

「見てもらいたいものがある。あんたが大好きなネットへの書きこみだ。確か今日のあんたの名は麺キングだったよな」

ハンドルネームをあげたとたんに店長のエリート面から血の気が引いた。おれは封筒をわたしてやった。店長は震える手でプリントアウトを取りだし、すごい勢いでめくっていく。

おれはいってやった。

「そのキャバ嬢との写真なんかよく撮れてるだろう。彼女の分も焼き増ししてやろうか。会社の同僚に女の自慢をしたいなら、百枚くらいサービスでプリントしてやるよ。確か、○○商事の外食オペレーション部だったよな、三田村さんて」

三田村は常識人だった。青白い顔をして最初に口にしたのはつぎの言葉だ。

「金か。いくらほしいんだ」

困ってしまう。確かにおれは貧乏だが、好きな本とCDを買い、好きなときにラーメンをくうくらいの金ならもっている。それで十分じゃないか。おれは店長にいった。

「あんたこそ金に困っているようにも見えないのに、なぜこんなことをやった。ヌードルスだって順調に客がはいっているじゃないか」

店長はむっとしたようだった。

「きみになにがわかる。あんな店はあたるのがあたりまえだ。いくら成功してもせいぜい月間売上は三、四千万。わたしはあんな店早く卒業して、買いつけの仕事に戻りたいんだ。ラーメン屋なんてな、ほかになにもできないやつのする仕事だ」

成功の尺度は人それぞれなのだろう。だが実際に二週間七生で働いて、おれはあの仕事のやりがいを肌で感じていた。

「あんたはなんだってオペレーションなんてしようとするから、目のまえにある仕事のことが見えないんだよ。それじゃいつまでたっても仕事のおもしろさはわからない」

やつはゆっくり首を横に振った。

「輸送船に何隻も小麦や大豆を買ったことのないきみにはいわれたくない。仕事の醍醐味など、きみなどにわかるものか。これで好きなものでも買いなさい」

店長は内ポケットから財布を取りだし、金色のカードを抜いた。

「一週間後には紛失届をだすから、それまで限度額いっぱいつかってくれてかまわない。だから今回のことは内密にしてほしい」

おれはどこかの信販会社のゴールドカードの重さを手のひらで確かめていた。七生のナルト一枚の重さもない。

「いいよ。あんたが二度と七生に手をださなければな。ネットでも、街でも、キャバクラでもな」

店長はそこでようやく納得したようだった。地下通路のポスターを背にかすかに笑顔を見せる。

「なんだ、やはりあの店に雇われたのか。きみもストリートギャングの一味なのか」

おれは首を振った。なにをいってもこの男とは話がつうじない気がしたのだ。

「おれはギャングじゃないよ。七生から金をもらってるわけでもない」

店長は考える顔になった。

「これだけ調査能力があるなら、わたしのために働いてみないか。もうすこしでヌードルスはしにせの店を抜いて、池袋一のラーメン屋になる。七生のようなゴミみたいな店にくっついていても、これから先いいことなどないぞ」

そのとき地下通路の壁を震わせて叫び声が走った。

「ふざけんなよ、クソオヤジ。なめてんじゃないよ」

おれはあわてて声のした階段を振りむいた。ホームレスがびっくりして段ボールのベッドから上半身を起こしていた。階段を一段飛ばしで駆けおりてくるのは、がりがりにやせたあずみだった。右腰のまえに両手を重ねている。

おれはその先につかいこんだ牛刀の青い光りを見た。

「よせ、あずみ。話はついた」

あずみは暗い通路に白目を浮かべて駆けよってきた。目と口の端はつりあがっている。おれの言葉はまったく届いていないようだった。おれのわきをサイドステップですり抜けると、驚いて固まってしまった店長に突っかけていく。

目をつぶりそうになったとき、横からでかい紺色の影がふたつ出現した。片方が店長にショルダーアタックをかまし、反対側の壁まで吹き飛ばす。もうひとつがあずみを横抱きにして、もみあっている。影は七生の紺のTシャツになった。ツインタワーの双子はでかいだけでなく、とんでもないスピードがあるのだ。なんといってもふたりそろってGボーイズの突撃隊長だったのだから。あずみはタモツの腕のなかで狂ったリスのように手足を振りまわして叫んでいた。

「放せ、こんなやつ、ぶっ殺してやる」

普段のあずみとは別人だった。店長を突き飛ばしたミノルが戻ってくる。おれはアルバイトのあいだにこの双子を見分ける方法を覚えていた。目がほんのすこし優しいほうが兄のタモツだ。ツインタワーの兄があずみの耳元でいった。

「あずみ、もういいんだ。落ち着け、おれたちも七生ももうだいじょうぶだ。もうやつには好きなようにさせない」

切っ先が腕にかすったようで、タモツの腕からは血が点々と石張りの床に落ちていた。あずみは包丁を手放すと叫び声をあげて泣きだした。白木の柄がこつんと乾いた音を立て床で跳ねる。ミノルはオヤジさんの形見だという包丁を拾った。おれはいった。

「三田村さん、すぐに警察がくる。あんたも逃げろ。この事態をサツに説明したら、あんたの嫌がらせも話さなきゃならなくなる。やつらにつかまるなよ」

ヌードルスの店長は警察という言葉に震えあがったようだった。汚れた床に散ったプリントアウトをかき集めると、誰とも視線をあわせずに地下通路の暗がりに消えてしまった。

「きみたち、待ちなさい」

遠くから警察官の声が二重奏になって響いてきた。おれはタモツにうなずいた。

「おれたちも消えよう。別々に逃げて、十分後に七生に集合だ」

それでおれたちはいり組んだ地下通路を三方向に散った。Gボーイズで逃げ足は鍛えてある。この街の通りなら、すべておれの頭にはいっていた。警察から逃げるやりかたなんて、池袋では百通りだってあるのだ。

コラムのネタにつかえないのが、残念なくらいだ。


おれが七生に戻ったときには、すでにツインタワーとあずみはそろっていた。兄のタモツは水道で傷口を洗い、タオルで上腕部を止血していた。あずみはカウンター席のまんなかで放心して座りこんでいる。ミノルがおれの顔を見ると口を開いた。

「なあ、あずみ、どうして包丁なんてもちだした」

あずみは宙を見たまま、ぼそりという。

「あいつが許せなかったから」

おれはカウンターの端に腰をおろした。あずみのほうを見ずにいった。

「おまえって、あんなふうになることがときどきあるのか」

あずみの声は無表情なままだった。

「うん、スイッチがはいると自分でもなにをするかわからない」

ミノルがいった。

「それで初めて見る男を刺そうと思ったのか」

「うん。だってあいつは悪いやつでしょう。刺されてもしょうがないよ」

タモツがいった。

「そりゃあ、別にあんなやつ刺されてもいいけど、刺したらあずみはたいへんなことになる」

あずみはちいさく笑った。

「いいよ。わたしなんてゴミみたいなもんだもん。あいつのいうとおり将来だってないし」

なんだかおかしい。普段のあずみとそのときはまるで違っていた。もの陰に隠れて菓子を口に押しこむあずみを思いだした。おれはゆっくりといった。

「気にさわったら許してくれ。このまえあずみがコンビニの駄菓子を隠れてくっているところを見ちまった。なんだかあのときあずみはひどく悲しそうな目をしていたよ。それとなにか関係あるのか。この二週間一度もこの店のまかない飯だってくってないし」

あずみは淋しそうに笑った。

「わたし、ちいさなころからそれでいつもいじめられていたんだ。みんなといっしょにものをたべられないから」

ミノルはいった。

「でも、どうして……」

あずみの声はきき取れないほど細くなった。

「今はネグレクトっていうんだよね。わたしのちいさなころはそんな言葉はなかった。うちの母親は再婚して、わたしがじゃまになったみたい。義理の父親といっしょにわたしをずっと無視していたんだ。お腹がへってもご飯をたべさせてもらえないの。妹や弟たちが晩ご飯をたべているダイニングのとなりで、わたしはいつも水だけのんでいた。あのときわたしは七歳だったな。お腹が空いてすいてどうしてもがまんできなくて、電子ジャーからご飯を盗んでたべたんだ。おかずはお醤油とマヨネーズとマーガリンだった。すごくおいしかったな。今でもあんなにおいしいものたべたことないよ」

あずみは枯れ枝のように細い首をまっすぐに伸ばし、宙を見て笑った。

「買いものから帰ってきた両親はすごく怒った。冬だったけどわたしを裸にして、クリーニング屋の針金ハンガーで全身をたたいたもの。盗みぐいをするなんて卑しいやつだ、おまえは最低だって。もう身体中あざだらけ。その日は夜中まで裸でバルコニーにだされた。わたしは今でも誰かが見てるところではなにもたべられないんだ。それなのにラーメン屋で働いているなんて、笑っちゃうよね。ごめんなさい、タモツさん、ミノルさん。こんなに気もち悪い女の子なんてもういっしょに働けないよね」

そのときだった。黙っていたタモツが立ちあがって、落としていたガスの火をいれ、丼を調理場においた。さすがに双子だ。あたりまえのようにミノルが麺をほぐし始める。ひと言も交わさず、目を見てもいないのにふたりの息はぴたりとあっていた。

タモツが調理の手を休めずにいった。

「明日からもおれたちといっしょにがんばるなら、今夜はうちのラーメンくってけよ。だいじょうぶだ。おれたちは誰もあずみを見ないからな」


カウンターのうえに湯気をあげて七生ラーメンがのせられた。七種類の具が豪華にはいった人気の「全部のせ」だった。白熱電球の明かりがスープに浮いた脂に反射して、透明に光っている。おれはカウンターに座ったまま、スツールをまわし東通りにむいた。ツインタワーの双子は厨房の奥をにらんで、あずみに背をむけている。

おれにきこえるのはあずみの泣き声と静かに麺をすする音だけだった。タモツがいった。

「どうだ、うちのラーメンうまいか」

あずみの声は泣きすぎて言葉にならなかった。

「うん、うん……おいしい……」

ミノルがいった。

「明日からまたきてくれるか」

「……うん」

くそ、なぜおれがもらい泣きしなけりゃならないんだ。涙をこらえるのにぐったりと疲れたおれは背中越しに厨房にいった。

「なあ、おれにもラーメンひとつつくってくれよ。大盛りの全部のせでよろしく」

あずみが泣きながら笑っていた。おれは遅れてきたラーメンをすすった。そのときの七生ラーメンが、これまでのところおれの生涯最高のラーメンだ。その記録は今も破られていない。涙とともにたべたものを人は忘れないという。おれはその夜のあずみの涙が、子どものころとは違う理由なのがただうれしかった。

一杯のラーメンが文字どおり人を救うこともあるのだという平凡な事実。そいつにヌードルスの店長が気づいていれば、つまらない嫌がらせなどする気にもならなかっただろうに。

その夜を境に七生への嫌がらせはぴたりとやんだ。なくなってしまった行列はすぐには戻らなかったが、それでも秋の最終コーナーをまわるころにはじりじりと客足は回復していった。おれは十一月のひと月でデニーズに三回出前にいった。七生は出前はやっていないので、岡ちなどない。そのへんの段ボール箱にラーメン丼をいれて運ぶのだ。なんだか危ない配達人みたいだ。

ゼロワンは今度は舌の中央にステンレスのピアスをいれていた。そんなものをいれて味などわかるのか不思議だが、やつは七生ラーメン全部のせを三回ともスープまで一滴も残さずのみ干した。ゼロワンの場合、粘膜では金属アレルギーがでないようだった。つぎはここではちょっと書けないところにある粘膜にもピアスをいれるそうだ。

タカシは今回の話を最後まできいておれを笑った。

「いいところはすべて、ツインタワーの双子とあのあずみって女にさらわれたな」

そのとおりだが、別におれはくやしくはなかった。だいたいおれの性格はわき役むきにできているのだ。クールな王様の振りも、正義の熱血漢の振りも似あわない。なにか新しいネタでも探しながら、間もなく冬を迎える灰色の池袋をうろつくのが、おれの大好きな時間だ。

今もあずみは七生の看板娘としてがんばっている。頬は以前よりすこしだけふくよかになったが、摂食障害はまだ続いていて、ときどき店の便所で吐いたりするそうだ。だが、あずみはぜんぜんめげてはいない。まかない飯の時間になると、三人はお互いに背中をむけあって、たのしそうに笑いながらくっている。

なぜ、おれがそんなことを知っているかって。

もちろん週に一度はその輪のなかにこのおれも加わるからだ。それが今回の報酬なのだ。金のないツインタワーからは礼金は受け取れないからな。

店長からもらったゴールドカードはお客のために還元することにした。夏の盛りに評判の悪かったエアコンを新品と取り替え、トイレを全面改装した。

タモツとミノルとあずみの三角関係は、双子が互いに気をつかいあっているので、ぜんぜん進展していないようだった。自分のときはさっぱりでも、横から眺める誰かの恋の話っておもしろいよな。こちらもつぎの春がくるころには決着がついているかもしれないが、おれは気長に待つつもりだった。

だっておれのラーメン無料チケットは、来年秋までまだたっぷり一年分は残っているのだから。

ワルツ・フォー・ベビー

にぎやかな通りを歩いていて、ときどき空気がまったくない真空の場所にでくわすことがある。誰もが普段見ているのに、自然に目をそらして見なかった振りをする特別な場所だ。そいつはなにも大通りの交差点や横断歩道ばかりじゃない。小銭をおろしてでてきたATMのわきだったり、住宅街のちいさな児童遊園の入口だったり、自動販売機が青い光りを投げているすすけた暗い歩道だったりする。

そこにはいつもちいさな花束が飾ってある。ガードレールや電柱に針金なんかでとめられたしおれた花束だ。誰かの命が失われ、その誰かのことが好きだった者がおいていく白い花束。ときにはプルを開けた缶ビールや火のついたままのタバコが供えられることもあるだろう。それは雨に濡れたテディベアになったり、何十代目かの仮面ライダーの変身グッズになったりもする。

おれたちはみなその花を見て、かわいそうな誰かがこんなところで死んだんだなと思う。そしてつぎの瞬間には、その日くう昼飯のことやデート相手のこと、ウインドウにつるしてある新しいハンドウォッシュの偽ヴィンテージジーンズなんかに心を奪われて、誰かがひとつ切りの命をなくした特別な場所のことなど忘れてしまう。

人類の長い歴史を考えれば、死は無数の場所に存在し、おれたちはどこかの誰かが死んだ土地のうえを毎日一歩一歩踏みしめ歩いているのだ。そんなふうに自分を納得させ、死を道端に落ちてるスポーツ新聞や踏み潰されたクリスマスツリーの星みたいに、あたりまえのものにすりかえようとする。

だが、そこで死んだ誰かが、あんたにとってかけがえのない人間だったらどうする？

目をそらしてアスファルトや敷石の白々と冷えた一角を無視することができるだろうか。かすかに光りを放つようなその場所に、なにか特別な印を見つけずにいられるだろうか。抽象的な死ではなく、愛する者の名前をもった死を、吸がらのように転がるありふれたなにかにできるだろうか。

今回は池袋の街に数十とあるそうした路上の花束の話だ。おれは白い花束が山のように供えられ、白い花びらのうえにいく粒かの涙が落ちるのを見た。新しい年の最初の一日、硬くしこった怒りと憎しみがその涙で溶かされていくのを目撃した。

おれたちが生きているのがどんなに悪い時代でも、許す者と許される者では許すほうが圧倒的に強い。おれは腹の底からそうわかった。メリークリスマスとハッピーニューイヤーにはちょいと暗い話だが、いそがしい手を休めてきいてくれ。

こいつはおれが心から誇りに思うおかしなオヤジの話なんだ。

それはカウントダウンまで最後の十日間を切った年の瀬のことだった。池袋の街はもうクリスマスの赤一色。マルイの正面エントランスには格納庫の扉くらいある真っ赤な看板がふたつ並び、銀箔のツリーがきらきらと照明を反射していた。

おれはうちの果物屋の店番を終えると、ＣＤウォークマンをウエストバッグにいれて通りにおりた。別に誰かいい人と待ちあわせがあるわけではない。息が白く伸びて、風は氷水のような十二月の夜、しっかりと厚着をして散歩するのがおれは好きなのだ。信号や自動車のテールライトが奇妙に澄んで、ぼんやりと明るい夜空を地上のネオンを映す赤黒い雲がゆっくりと動いていく。

おれの格好は厳寒の池袋をアタックするには最適だ。グレイのパーカのうえに軽くてあたたかなシンサレートいりのＰコートを重ね、６ポケットのワイドパンツを腰ばきする。この季節の外出には小物だって欠かせない。毛糸のキャップに皮手袋（こいつは両方黒だ）、マフラーはさし色でちょっとサイケなマルチカラーのストライプにする。

こうして準備が整うとおれは足取りも軽く、酔っ払いとカップルだらけの街にでていく。いくら不景気だとはいえ、酒をのまないサラリーマンはいないし、Ｈをしないカップルだっていない。十二月の池袋はバブルのころとぜんぜん変わらないにぎわいだ。

そんな街の裏通りをひとりで好きな音楽をききながら夜歩く。背を伸ばし、両手を振ってゆったりとクルーズする。時間はせいぜい三十分から一時間。いくら汚いとはいえ東京の副都心に生まれてよかったなとおれが思う数すくない瞬間なのだ。

その夜は西口の五差路の先を立教通りに抜けた。学生のいなくなったキャンパスを横目にぐるりと西池袋三丁目を散歩する。その日にあったこと（つまらないことばかり）を思いだし、つぎの日の予定（同じくつまらないことばかり）を考えながら、夜の校舎や影絵のような木々を眺める。するとつまらないことだって不思議と悪くないように思えてくるのだった。

ひとまわりして劇場通りに戻ってくるころには、時刻は真夜中の一時近く。そこでおれは電気の照明ではないあたたかな明かりを見つけた。ちいさな光りはゆらゆらと揺れながら灯台のようにゆく手を照らしている。

おれは帰り道の途中ということもあり、吸い寄せられるようにその光りを目指し歩いていった。そこであのおかしなオヤジと出会ったのだ。いきなりの正面衝突。凍りついた路上に座ってるオヤジとぶらぶら散歩するおれ。人間同士でも交通事故は起きるのだ。


東京芸術劇場の裏側は広いテラスになっている。白い石張りのテラスは歩道よりステップ数段分ほど高くなっていて、数十メートルは続くステージのような階段の途中には、ところどころステンレスの手すりがついていた。

おれがロウソクの明かりを見つけたのは手すりの一本の足元で、そこにはいくつもの花束が露店の花屋のように平積みにされていた。数本のロウソクと白い花束のまえには五十すぎの男が背を丸めてあぐらをかいている。

運の悪いことにこんなところで死んじまった誰かの家族なのだろう。頭もひげも半分白くなっていた。ファッションは前世紀のばりばりのアイヴィールック。赤いレターカーディガンのしたは白いボタンダウンシャツ。ゆるめた襟元には斜め縞のネクタイがくたびれている。

おれはロウソクの横をとおりすぎるとき、そのオヤジから視線をそらせていた。丸く落ちた両肩も、悲しみの形に切り抜いた横顔も見ていられなかったからだ。歩道の反対側にはツツジの植えこみが続き、街灯には土ぼこりで汚れた立て看板がとめられている。ゆっくりと歩きながら、おれはその看板を読んだ。


この場所で平成9年12月27日午前1時すぎ、殺人事件が発生しました。

その時刻に、怪しい人物や行動を目撃した人は下記までご一報ください。

池袋警察署

あとにはおれの携帯にもはいっている番号が続いていた。おれがそいつを見ているのに気づいたのだろう。アイヴィーオヤジはおれのほうに顔をあげていった。

「すまないが、あんたはその時間にどこでなにをしてた?」

五年まえといえば、おれはまだ地元の工業高校の悪い生徒だった。ケンカをするときなど刺されてもいいように腹に雑誌をいれて元気よく登校したものだ。だが、もちろん五年まえの「そのとき」のことなど正確に思いだせるはずがない。おれは白い息を吐いていった。

「悪いけど、覚えてないよ。ここでなくなったのは誰だったのかな」

オヤジはおれのことをじっと見つめた。歩道より高いテラスなので座っていても視線の高さはほぼ同じだった。悲しい目がなにかを探すようにおれの足先から頭のてっぺんまでゆっくり上下した。

「今生きていたら、あんたくらいの年だったかもしれない。背もあんたくらいだな。利洋《トシヒロ》はおれのたったひとりの息子だった」

その言葉はまっすぐおれの胸のまんなかに刺さった。そのオヤジもおれの父親が生きていたら、そのくらいだろうという年格好だったのだ。おれはあたりを見まわした。劇場通りのむかいに缶コーヒーの自動販売機があった。

おれはガードレールをまたいで通りをわたり、熱いカフェオレをふた缶買った。五年まえに息子をなくしたというオヤジのところにいって、テラスのうえにこつんと音を立てておいてやる。

「よかったら、のんでくれ。今夜はけっこう冷えるからな」


すまんなといったが、オヤジは缶コーヒーには手をつけなかった。名前は南条靖洋《ヤスヒロ》というそうだ。おれがなにもいわずにいるうちにぽつぽつと死んだ息子のことを語り始める。

「うちのトシは上野のアメ横ではちょいと鳴らした顔だった。今でいうストリートギャングか、ああいうのの頭だったんだ」

アメ横のギャングか。あの街には伝統的に日本人のガキにまぎれて在日や東南アジアのたくさんのグループがある。運の悪い息子は真夜中にひとり、ショバ違いの池袋でなにをしていたのだろうか。オヤジは缶コーヒーを開けると、のみ口をロウソクのほうにむけてテラスにおいてやった。

「トシがつきあっていた女の子がいて、その人の部屋からコンビニに買いものにいく途中だった。

晴美《ハルミ》さんはトシの子をお腹にかかえていてな。なにか足りないものでもあったんだろう」

おれはなにも返せずにいた。いくらクリスマスまえでも芸術劇場裏のあたりまでくると通行人はほとんどなかった。いきどまりの劇場通りを走るクルマもめったにない。おれたちが座るテラスの近くにハザードを点滅させたタクシーが一台とまっているだけだ。

「なにがあったのかは誰にもわからない。ただ乗務中に呼びだされて要町の救急病院にいったら、そこでトシは冷たくなっていた。頭蓋骨のなかにでかい血の固まりができて、そいつを取るために手術をしようとしたが間にあわなかったそうだ」

おれは細くため息をついた。

「晴美さんだっけ、お腹の子は元気に生まれたのか」

オヤジは初めておれのほうに顔をむけた。涙目の笑顔が胸にこたえた。タバコで黄ばんだ前歯が見える。

「ああ、明洋《アキヒロ》もじき小学生だ。晴美さんは別な男と結婚したが、その人も孫をかわいがってくれている」

ひと気のないテラスを眺めた。なにごともなかったように静かだ。おれは五年まえの事件をようやく思いだした。ひと月ほど話題になったが、死んだのが地元の人間ではなく犯人もわからなかったから、すぐに立ち消えになってしまった事件だった。タバコに火をつけて缶コーヒーのうえにのせてやったオヤジにいう。

「息子さんはこの場所で倒れていたんだ」

「そうだ。血の気の多いやつだったから、チンピラとでももみあいになって、頭をこのあたりの

「……」

そこで言葉を切ると、オヤジは孫の頭でもなでるようにテラスの白い大理石にそっと手をおいた。

「……敷石にでも打ったんだろう。そうでなきゃあのへんの階段の角かなあ」

おれは目をそらして揺れる灯を見ていた。残り十センチほどになったロウソクは風に踊りながら、なんとか燃え続けていた。オヤジが思いついたようにいった。

「そうだ。あんたはこの街の人間だろう。ギャングやチンピラに顔見知りはいないか。それとなく五年まえの話をきいてみてほしいんだが」

池袋のストリートギャングなら、おれが知らない顔はなかった。これも缶コーヒーをおごったついでか。

「いいよ。ちょいと話をきいてみるよ、南条さん」

おれはそこで初めて自己紹介をして立ちあがった。南条もその場を立つと、腰に両手をあてておおきく背伸びした。

「一時間もこんなところに座ってると尻が凍りつくな。マコトさんとかいったな、あんたのうちはどこだ。おれのクルマで送ってやるよ」

オヤジはさっさとガードレールを越えて、ハザードをつけたままのタクシーにむかった。おれはあわてていった。

「すぐ近くで歩いても五分ばかりなんだ。クルマなんていいよ」

南条は振りむかずにいった。

「五分もあれば一曲きけるだろう。いいからのれよ」


後部座席でおれが渡されたのは黒いファイルだった。なかを開くとホルダーにCDのリーフレットがきちんと納まっている。四〇年代のスイングジャズから最新録音の北欧ものまで、ざっと四、五十枚。南条は運転席からおれのほうを振り返り、にっと笑った。

「ジャズタクシーってきいたことないか。このクルマのトランクには真空管式のパワーアンプと二十連奏のCDプレーヤーが二台積んである。好きなやつを選んでくれ。今夜のドライブのBGMだ。こいつは個人だから好きなように改造できる」

クラシックと違っておれはジャズにはあまり詳しくない。ジャケット写真の夜明けの急行列車にひかれて、おれは一枚のCDを指さした。

「オスカー・ピーターソン・トリオの『ナイト・トレイン』だな。あんた、若いのになかなかいい趣味してるじゃないか」

オヤジは慣れた手つきでCDを選曲した。ゆったりしたフォービートが車内を満たす。タクシーはそっと動きだし、流れるように劇場通りに戻った。真空管をつかっているせいか、力はあるがどこにもとげやきつさを感じさせないやわらかな音だった。オスカー・ピーターソンのサラミのような指が押す白鍵からも、実際こんな厚ぼったい響きがしたのだろうとおれは思った。

見飽きた池袋西口の光景がでたらめにソフィスティケートされ、独立派のニューヨーク映画のように窓の外をクールに流れていった。マンハッタンの一角にそびえるマルイと芳林堂と東武デパート。

この街にも同じようにストリートギャングと街娼がいて、おれのような名前のない誰かがいる。そのうちのひとりが、トシヒロを殺したのだと思っておれの気分は沈んだ。だが、当然ながら街というのは恋や仕事にハッスルするだけでなく、誰かが死ぬ場所でもあるのだ。

おれは西口ロータリーの隅に飾ってあった真新しい花束が目にはいらないように目を閉じて、背もたれに身体をあずけた。


つぎの日の夜から、散歩の途中であのテラスにいくのがおれの新しい習慣になった。五回目の命日にむかって、花束は日々増えていった。アメ横のギャングというより、どこかのロックスターでも死んだようだ。

ときには何人かのガキが丸く円を描いて座り酒盛りをしていたりする。そんなときは遠くから様子を眺めていた。実際には今回のような件では、おれにできることなどほとんどないのだ。できることは警察がすべてやっている。

せいぜい池袋の現キング・安藤崇に電話でもいれて話をきくくらい。それで空振りなら、のみ屋街のなかにでている軽トラックの花屋で白いカーネーションでも買って、供えてやればそれで終わりになるはずだった。

おれは夜の散歩の途中でタカシの短縮を押した。最近は取りつぎとも仲がいいので、つまらない冗談を飛ばしたりする。

「はい、こちら、キング」

タカシに負けずに冷たい女の声が返ってきた。頬に星型のタトゥーをいれたヒロミだ。飛んでもないあばずれだと予想していたのだが、実物はクラス委員の役を振られるアイドルのような正統派の美人だった。もっとも着ているのは米軍放出品のカーキの軍服なのだが。

「クリスマスの予定が詰まってなかったら、テラスでおれとキャンドルの灯を見て夜をすごさないか」

ヒロミは途中からきいていないようだった。すぐにタカシと替わる。

「マコト、おまえ、おれとキャンドル見てどうするんだ」

まったくジョークを理解していない声だった。あわてておれはいった。

「芸術劇場裏のテラスを知ってるか」

「ああ」

「じゃあ、あそこで五年まえにおきた殺人事件は」

タカシは考えているようだった。ようやくいう。

「高校のころの話だな。あいつは確か未解決だったはずだが。また、新しい仕事か」

おれは夜の池袋を眺めながら歩いていた。タカシの声でさえこの季節の街できくとどこかあたたかく感じられる。淋しがり屋の探偵。

「今回はそんなに動くつもりはないんだ。ただ、死んだアメ横のギャングのオヤジさんに池袋の様子に詳しいやつにちょっときいてみてくれと頼まれた」

「そうか、死んだのは上野のやつだったんだ」

おれは信号のない横断歩道で立ちどまった。シボレー・アストロが窓が割れるほどの大音響で「君の瞳に恋してる」を流しながらとおりすぎていった。

「あのころ上野ともめてたなんて話はきかないか」

「知らないな。だが、おまえの頼みだからＧボーイズのＯＢ連中に確かめておく。まあ、おれがやりましたなんてやつはいないだろうがな」

おれは信号をわたり劇場通りにはいった。冬の夜の散歩って、けっこうたのしいのに、なぜおれしか愛好者がいないのだろうか。東京ではなくどこかの砂漠の夜のようだ。おれは池袋の王様にいった。

「それでいいよ、クリスマスまではもう会わないだろうからな、タカシ、メリークリスマス」

センチメンタルなおれの挨拶に王は高貴な無関心でこたえた。

「おまえはバカか」

いつか革命を起こして、やつの首をはねてやる。


タカシから電話があったのは翌日の夜だった。一ダースのＧボーイズを投入して、ＯＢにローラー作戦をかけたが、手ごたえはゼロ。あのころ上野と抗争があったなどということはなかったそうだ。

しかたなくおれは礼をいって、うちの果物屋の店番に戻った。酔っ払いに温室もののメロンやサクランボを売りつける。どれも形はいいが、味はどこかの研究所で精巧にほんものの味を再現したような感じだ。今はなんだってほんものより偽もののほうが高く売れる時代なのだ。おれの書くコラムのようなものかもしれない。どこかで文章がおかしくても大目に見てくれ。だって時間も知性も、おれにはいつだって大幅に足りないのだ。

トシヒロの命日におれは白い花束をもってテラスにいった。犯人につながる手がかりなどひとつもない。夜十一時半に店を閉め、到着したのがちょうど真夜中。すでに七、八人が集まり、うつむいてぽつぽつと話をしていた。

手すりを越える高さまで重なった花束のうえに、おれが白いカーネーションをおくとジャズタクシーのオヤジが手招きをして、となりを空けてくれた。

「マコトさん、よくきてくれた」

また同じレターカーディガンだった。今どきどこでこんなものを買うのだろうか。おれはつらい話は最初にすませるほうだ。

「池袋のストリートギャングにもきいてみたけど、やっぱり心あたりのあるやつはいなかった。役に立たなくてすまない」

オヤジはいいんだ、いいんだとちいさくうなずいて、おれにガラスのコップをまわした。底をもたないと火傷しそうに熱い焼酎のお湯割だった。あちこちで死んだトシヒロの話が続いている。なんだか場違いなところにきてしまったようだが、おれは黙ってきいていた。

アメ横のトシといえば、ストリートギャングの走りだった当時、上野初のチーム「アポロ」を結成したので有名だという。そういわれて気づいてみるとそこにいた男たちはみな深紅のアポロキャップをかぶっていた。花の山のわきにはナンバー1とおおきく刺繍されたキャップがおいてある。おれは近くにいたアメ横のギャングにいった。やつの首筋にはおおきな蜘蛛のタトゥーがはいっていて、片側の伸ばした四本の足が右の頬をつかんでいる。おっかない。

「チームは今でも活動してるのか」

やつはどこのガキだという目でおれを見てからいった。

「初代のトシさんから、今は三代目のリンタローさんにヘッドは変わってるけど、今じゃあ上野一のチームだ」

「そうなんだ」

「あんたは」

「おれはトシヒロさんのオヤジさんの知りあい。上野の人間じゃないんだ」

ストリートギャングはおれから目をそらせた。ぽつりという。

「どんなに肩で風切ってギャングだなんていっても、死んじまったら人間ゼロだな。思い出以外はなにも残らない」

そのときうしろのほうで子どもの声がした。ジージ、ジージ。振りむくと甘えるように叫びながら、五歳くらいの着ぶくれした男の子が南条に飛びついていくところだった。おれは蜘蛛の刺青を見ながらいった。

「そうでもないじゃないか。あんただってトシさんを忘れてないし、あそこには息子だっている。完全なゼロになんて誰もならないさ」

やつは黙っておれにうなずいた。おれたちはみなコンピュータのデータではない。ぴたりと計ったゼロか1かになど、なれるはずがないのだ。命は真空管のあの灯と同じだ。輝いているあいだは、それに耳をかたむける者に必ずなにかを残す。

おれは柄にもなく、いつか自分に子どもができたときのことを考えた。くだらないことばかりのおれの人生も、そうしたら今よりすこしだけ明るくなるのだろうか。

もの心つくまえにオヤジをなくしたおれが父親役をやるのはなんだか怖かったが、それでもキャンドルと花束を目のまえにしてそんなことを想像すると、おれはどこか懐かしい気分になった。


男の子を抱いたまま、南条はおれのところにやってきた。うしろにはユニクロのスエットスーツを着たけっこう生活感のある女がついてくる。若いころはさぞきれいだったろうが、化粧気もなく、身体の線は崩れかけていた。南条は赤い顔を子どもにすりつけながらいった。

「マコト、自慢の孫だ。明洋、ほら池袋のマコトだ。挨拶しろ」

いつの間にか酔っ払って名前は呼び捨てになっている。苗字のほうはきっと忘れてしまったのだろう。男の子はいった。

「松田アキヒロ、四歳です。好きな食べものはリンゴやミカンやメロンやフルーツです」

おれは自然に笑っていた。

「ちょうどよかった。おれんちはこの近くで果物屋やってるんだ。今度売れ残りのフルーツいっぱいやるよ。熟れててうまいぞ」

スエットの女が軽く頭をさげた。

「うちのおじいちゃんがご迷惑をかけてすみません」

おれはあわてて立ちあがった。気がつくととなりのスパイダー男も直立不動になっている。おれより先にやつが深々と頭をさげた。

「ねえさん、ごぶさたしています」

女は笑って見ていた。

「おおきな声はださないで、もうトシはいないんだし、わたしもチームとは関係ないんだから」

そこでようやくおれも口をはさむことができた。

「池袋のストリートギャングにあたったけれど、空振りでした。すみません」

池袋という言葉をきいたとき、一瞬だけ女の表情が空白になった。まったく音声が消された映画の一場面のようだ。明洋の母親はすぐに笑顔に戻っていう。

「ありがとう。でも、もうあの人は帰ってこないから」

クモ男が背筋を伸ばしたままいった。

「今日は浩志《コウジ》さんはいらっしゃらないんですか」

女の顔がさっきとは逆にふっとやわらかくなる。

「ええ、あの人は仕事だから」

女はおれたちに軽く会釈すると、自動販売機にいった息子と祖父のほうにむかった。おれはクモのタトゥーにきいてみる。

「今の人がトシさんのガールフレンドだったんだ、名前は」

やつは腰をおろしながらうなずいた。

「松田晴美さん。昔はすごいべっぴんだったよ。おれたちしたっぱのあこがれの的だった」

「松田っていうのはトシさんがなくなってから結婚した相手だよな」

クモ男はキャップのつばを深くして、ロウソクの灯を見つめていた。

「ああ、浩志さんはうちのアポロの二代目ヘッドで、今は足を洗ってトラックにのってる。偉いよな、トシさんの子を自分の子のように育ててさ」

そうかといった。ストリートギャングのガキどもはなぜか身内には妙にやさしく男気のあるやつが多かった。おれのコラムにもつかえるいい話だ。どうせ毎日ひまなのだから、もうすこし南条親子三代のことを調べてみようとおれは思った。うまくまとめられるなら、コラムではなく短いノンフィクションにして、雑誌社にもちこみをしてもいい。

おれは毎月八枚のコラムを書くことに、ちょいと飽きを感じていた。もっと広いフィールドでなら、おれの冴えない文才だって、もしかすると別な種類の輝きを見せるかもしれない。

誰にだってうぬぼれはあるものだ。


翌日は快晴で、気温は氷点下近くまで冷えこんだ。おれは市場への買いだしと果物屋の店開きを済ませると、ＪＲ池袋駅から山手線にのった。上野駅までは外まわりでほんの二十分ほど。見違えるようにきれいになった駅の構内を抜けて、ガード沿いに伸びるアメ横商店街にはいっていった。クリスマスが終わっても、この街の勢いは正月にむけてさらにパワーアップしているようだった。

なにせ人出がすごいのだ。幅四、五メートルはある歩行者専用の通路が買いもの客でびっしりと埋まり、身動きができない。頭上を流れるのはうちの店が日本一安いとがなる売り子のざらざら声だ。新巻鮭にイクラにタラバガニ。ロースハムにローストチキンに骨つきカルビ。見ているだけでよだれのでそうな食材が、妙に赤っぽい照明を浴びて濡れたように光っている。

だが、生鮮食品はアメ横の片方の顔でしかなかった。若いやつなら誰でも知っているだろうが、アメ横の元はアメリカ横町なのだ。今だって食品卸よりもアメリカンカジュアルの洋装店のほうが何倍も数は多い。ガードしたの壁面いっぱいにハンガーをぶらさげ、スタジアムジャンパーやフードつきのパーカ、ダウンやレザーのジャケットなんかが魚の鱗のように空までディスプレイされている。値段だってどこかのデパートなんかよりずっと安かった。

新型スニーカーに直輸入のTシャツやパンツなど、この街でしか手にはいらない服もたくさんあって、ここは東京のカジュアルファッションの中心地なのだ。当然店先にはだぶだぶのジーンズにふたサイズはでかいフィールドコートを着たガキが、季節はずれの羽虫みたいに群がっている。

おれは人ごみを避けながら、ABAB《アブアブ》横にある店を目指した。そこがアポロのメンバーがたまる集会場だと、クモ男にきいていたのだ。


「ガンボ」は錆びた鋲のついた分厚い木の扉があるカフェだった。七階建てのビルの一階なのだが、なかもアメリカ南部風だ。床は油の染みこんだフローリングで、スニーカーで歩くと靴底がべたべたと張りついてきた。

おれがなかに顔をだすと、カウンターに座っていた五個のアポロキャップがいっせいにこちらにむいた。クモ男はいなかった。視線をそらせたままカウンターの端に座り、格好をつけたくなって昼間なのに黒ビールを注文する。なんだかハードボイルドの探偵みたいだ。酸っぱいビールに唇をつけてから、やはりアポロキャップをかぶったマスターにいう。

「おれ、ファッション雑誌にコラムを書いているんだけど、なくなったトシさんについて話をきかせてくれる人間はいないかな」

雪山にむかって語りかけたようだった。返事はなく、空気はしんと凍りついている。おれはしかたなく続けた。

「このまえの命日の夜、芸術劇場にもいった。オヤジさんの南条靖洋さんとも知りあいだし、息子の明洋とも会った。取材ができるなら、その話をちゃんと書いてみたいんだ」

一番遠い席で背を丸めていた男が口を開いた。メキシコ人みたいなどじょうひげを垂らしている。顔はラテン系の浅黒いいい男。

「雑誌の名前は」

「ストリートビート」

大手出版社の雑誌ではないが、このところ急に部数を伸ばして、たいていのコンビニにはおいてあるストリートファッションの専門誌だ。男はいった。

「それなら読んでる。あの雑誌の名物コラムなら『トーク・オブ・タウン』だな。真島マコトってあんたか」

おれの名前を知っている人間がいるなんて意外だった。これなら取材もうまくいくかもしれない。男はじっとおれのほうを見つめている。

「あんたのコラムは好きだけど、協力はできない。トシさんについて書くのはやめてくれ。迷惑だしみんながもう忘れていることだ。昔のことはほじくり返すな」

急に話の流れが逆転した。おれはびっくりして、黒ビールの泡で唇を滑らかにした。

「それはあんただけの意見じゃなくて、上野のチーム全体の決定なのか」

アポロキャップのつばが鋭いくちばしのようにおれを差していた。五人の視線が痛いほどおれにあたる。男がいった。

「トシさんについては、もうなにも話すつもりはない。そいつをやったら、この店からでていってくれ」

そういわれたら長居はできない。おれは黒ビールのグラスをほとんど残して、スツールをおりた。もともと黒ビールなど好きでもなかったのだ。

取材は空振りだったが、ひとつだけ収穫がある。死んだトシヒロにはなにかふれてはいけないことがあったのだと鈍いおれにもわかった。


せっかく上野まできたのだから、もうすこしねばることにした。ゲームセンターやガードしたの迷路のような商店街をうろつき、アポロキャップをかぶったガキに誰かれなく声をかけていく。

ギャングのガキに話をきくのは、飛びきりの美人をナンパするよりむずかしかった。気のいいコラムの読者でさえ、初代ヘッドの話になると腰が引けてしまうのだ。

正月を間近に控えてアメ横の熱気は沸騰しそうな勢いだが、ガキの顔つきはトシヒロの名前をだしたとたんに氷の面のようになる。おれは四時間もあちこち歩きまわり、数十人に声をかけ続けた。

すべて空振り。

駅に戻ったのは日が沈んだ直後で、上野公園のうえの空は熱のないオレンジ色に光っていた。混雑した山手線のつり革につかまって、その空を眺めているとおれの闘志に火がつくのがわかった。

いいだろう。誰かが秘密にしたいなにかがあるなら、おれが揺さぶりをかけて徹底的に洗いだしてやる。いい文章を書くのは苦手でも、水のなかの魚のように街をうろつくのはおれの得意技だ。

ばかな話。なにも知らないというのは、いつだっていい気なものである。

池袋の夜の散歩は続いていた。それどころか考えることが増えて、逆に時間は長くなったくらいだ。芸術劇場裏のテラスは命日の翌日にはきれいに片づけられていた。花束もキャンドルも残っていない。こぼれたロウの跡がうっすらと大理石のうえに盛りあがっているだけだった。南条のオヤジは劇場の管理人と話して、命日までの約束で場所を借りていたのだという。

おれがその女を見たのは、誰も酒をのんでいないテラスの手すりだった。時刻はちょいと早い夜の十一時半。おれがゆっくりとテラスに近づいていくと、あたたかそうな白いダウンコートを着た女が、花束をおくところだった。

かがみこむのがしんどそうで、女が妊娠しているのがわかった。それも生み月に近いほど腹がせりだしている。この女も上野のチームのＯＧなのだろうか。女は長いあいだ手をあわせて立ち尽くしていた。おれはうしろからそっと声をかけた。

「あんたもトシさんの知りあいなのか」

女はその場に飛びあがりそうな勢いで振りむいた。年は二十代なかば。どこかのチームにいたというより、丸の内でＯＬをやっていたという感じの上品な女だ。おれはいった。

「すまない。驚かせるつもりはなかったんだ。ただ最近そこでなくなったトシさんについて取材しているものだから」

女はぺこりとおれにまで頭をさげる。

「あまりよくは知らないんです。トシヒロさんてどういう人だったんですか」

そういわれて困るのはおれのほうだった。おれはまだトシヒロを直接知る人間とは、あのオヤジ以外ほとんど口をきいていなかった。

「上野のチームのみんなには慕われていたようだけど、おれもまだよくわからないんだ」

そうですかと口のなかでつぶやいて、女はマルイのほうに歩いていってしまった。おれはひとつだけ残された花束を見おろした。今の女は上野のヘッドと同じくらいの年だったから、昔ちょっとつきあったことがあったのかもしれないと思った。

やはり誰かが死んだ場所というのは特別な場所で、いろいろな人間を引き寄せるのだろう。ウエストゲートパークでおれが死んだら、いったい誰が花束をもってきてくれるのだろうか。タカシとサルはきっとでかい花束をもってくるに決まっているが、その先何人考えても上品な女なんてひとりも浮かんでこなかった。

くそ、今死ぬのは絶対に損だ。

おれの上野取材も三日目になった。その日は店がいそがしく、アメ横についたのは日の沈みかけたころ。メインストリートは人の数がすごいので、京浜東北線と山手線の高架のあいだを抜ける薄暗い路地を縫って歩いた。

すると脂でべたりと垂れさがった焼き鳥屋ののれんをわけて、四人のアポロキャップがあらわれた。二メートルほどしかないコンクリート敷きに広がり、ゆく手をはばむ。ようやくむこうのほうからアクションを起こしてくれた。おれはまんなかに立つ一番貫禄のあるやつにいった。

「これでようやく話をきかせてもらえそうだな」

やつの着ているサテンのスタジャンは肩口から手首にかけて二匹の手刺繍の龍がうねっていた。おもしろがっているようにいう。

「おれたちがなにを話すというんだ。おまえはこの街は出入り禁止になったのさ。わかったら、ユーターンしな」

そう簡単に池袋に帰るわけにはいかなかった。ここまでもう何日もつかっているし、この街のガキのあいだで秘密になっているなにかをトシのオヤジに教えてやりたかったのだ。

おれは身体をリラックスさせた。四対一では圧倒的に分が悪い。だが、おれの目的は勝つことじゃなかった。

「そうはいかない。悪いけどそっちのふたりはおれがくわせてもらう」

ストリートギャングのガキにとって暴力は本格的な交渉まえの挨拶のようなものだった。どんな世界だって挨拶はきちんとやらなきゃならない。腕組みをして立っているスタジャンをのぞいた三人が、なにか意味不明のことを口々に叫びながらおれのほうにむかってきた。

最初のひとりはまだ高校生に見える赤い髪の坊主頭。振りかぶった右手がのろくさいストレートを予告していた。右に半歩サイドステップして、ひざと腰を思い切り回転させた。上半身と九十度に折った腕はほぼ惰性で遅れてでてくる。スムーズに流れるなら、力などいれないほうが威力があるのだ。右のボディフック。ボクシングを本格的に習ったことのないおれが唯一打てる必殺パンチだった。

こぶしはなんの抵抗もなく伸び切ったわき腹に吸いこまれた。赤い髪は身体をくの字に折ってその場に倒れた。それを見ていたふたりめは無意識に腹をガードしてつっこんでくる。おれは同じフックを打つと見せて腰を一段落とし、やつが組みついてくるのを待った。がら空きになったやつの顔にニットキャップの額をロケットのように突きあげる。トマトを潰したような鼻をしてやつはその場に座りこんだ。

だが、同時におれの首の横に三人目のこぶしが飛んできた。見えているのだが、避けることのできないパンチだった。首の筋肉に力をいれて耐えたが、衝撃は打たれた左の反対の側の頭にきた。足元がぐらりとしたところに四人目のスタジャンが口をまっすぐに結んで駆けてくる。おれはまた右のフックを打とうとしたが、一度見たパンチを避けるのはやつには簡単なようだった。

続く三分間でおれはぺしゃんこにのされた。トラックにひかれた空き缶のように湿ったコンクリートに張りつく。ガードで区切られた冬の空が冷たそうできれいだった。おれは息を荒くしながら、全身の熱を感じていた。痛み始めるのは今夜になってからだろう。まあいいやと思った。予定どおりふたり連れていくことができたのだから。久しぶりの運動にしては悪くない。スタジャンが息を整えていった。

「なあ、あんた、二度と上野にはくるなよ。おれはあんたのコラムは好きだ。だけど、つぎにこの街に顔をだしたら、やっぱり今日と同じことをする。いいな、こいつはアポロ全体の意志だ」

上野のギャングはすぐに消えてしまった。たのしそうに焼き鳥の皿をもって見物をしていた酔っ払いも、のれんをくぐって店に戻っていく。おれは焼き鳥屋のオヤジに迷惑そうにいわれた。

「いつまでも寝てるとサツがくるぞ」

いわれなくてもわかっていた。おれはなんとか立ちあがり、浅草通りまで戻ってタクシーを拾った。これでまた明日から出直しだ。


その日は明け方にうとうとしただけで朝を迎えた。ぐっすり眠ってしまったら、身体中腫れてゾンビのようになる。おれは朝いちでジャズタクシーに予約をいれた。ルートは池袋と上野の往復だ。

そんなことならＪＲのほうが安いし早いとオヤジはいったが、どうしてもジャズタクシーでなきゃだめなのだといって、午後二時に西一番街で拾ってもらうことにした。うちのオフクロは心配そうな素振りなどまるで見せずに、いつまでもガキだといっておれをののしったが、おれはぜんぜん平気だった。愛されているのは、日々わかっているからな。

うちの店のまえに白いグロリアがとまり、なかから南条が例のレターカーディガンでおりてくると、オフクロの目はちょいとハート型になった。気もち悪い。おれの顔を見て、アイヴィーオヤジは叫んだ。

「どうしたんだ、マコト」

おれの顔はあざだらけで、右目のうえには一センチ半ほどの浅い切り傷なんかもあり、それはひどい顔。玄関マット代わりにアポロのガキに踏まれたのだから無理もなかった。おれはタクシーにのりこみながらいった。

「上野でやられた。今日はアポロの頭と話をつけにいく。悪いけど南条さんもなにかあったら手を貸してくれ。あいつら、なにかトシさんのことで隠しごとがあるみたいなんだ」

おれは後部座席からなにか元気のでる音をかけてくれといった。オヤジは半白のひげでうなずくと、年の瀬の池袋に走りだした。曲は電気楽器がびんびんの後期マイルス・バンドだった。『ビッチェス・ブリュー』を大音量で流しながら、おれたちは前日の仇を取るためにアメ横にむかった。

タクシーを「ガンボ」のまえでとめると、おれはひとりで店にはいった。ざわざわとしたおしゃべりのノイズが、おれがあざだらけの顔をのぞかせたとたんにぴたりとやんだ。カウンターには龍のスタジャンもいた。やつはあきれたようにおれにいった。

「あんたもこりないな」

おれはうなずいて扉のわきにある木枠の窓にあごをしゃくった。首をひねると内出血が痛んだが、男らしく無視する。おれはいった。

「今日はおれひとりじゃない。そっちのチームの初代ヘッドのオヤジさんも連れてきている。アポロがトシさんのことをなにか隠してるのはわかってる。どうしても話したくないというなら、ここに南条さんを連れてくる。どうする、おれひとりと話すか、オヤジさんを呼ぶか。わかったら三代目のヘッドに連絡をいれてくれ」

スタジャンは困った顔をした。

「あんたはなにも知らないんだ。だから、そういう無茶をいう。いいだろう、ヘッドに話してみる。ここで待っていてくれ」

やつは携帯を抜いて、店の奥にむかった。おれはこのまえのみそこねた黒ビールを注文した。こんなに全身ががたがきているときに、酒をのむなんていいことではないが、おれだってたまにはタフを気取ってみたいのだ。

サテンのスタジャンが戻ってくるとおれにいった。

「十五分後にリンタローさんが会うそうだ。ただしあんただけで、南条のオヤジさんは席をはずしてくれといっていた。それでいいな」

そういうとやつはおれのとなりのスツールに座った。同じものをくれとカウンターのなかにいい、おれの横顔を見た。

「ひどい面だな」

おれはいつもの倍くらいの厚さになった唇を曲げて笑ってやった。

「ほんと。ひどいことをするやつがいるもんだ」

おれたちはビアグラスの縁をあわせて乾杯した。フィルムのように薄いガラスからチンと澄んだ音が鳴った。


十分後にスタジャンと店をでた。オヤジさんにクルマのなかでもうすこし待っていてもらうようにいい、ふたりで歳末の商店街を歩いていった。アメ横センタービルは間口一間ほどのちいさな小店が並ぶ雑居ビルだ。アメ横の中心部に軍艦のようにそびえている。

スタジャンは舳先《へさき》についた階段をのぼり最上階までおれを案内した。そこには木のベンチがおかれ、百円で三分間がたごとと揺れる子ども用のパトカーや消防車があった。ネコの額ほどの屋上遊園地だ。頭上には冷えて濁った空が広がっている。

ベンチには小柄だがカミソリのように鋭いガキが座っていた。おれが近づいていくと、やつは立ちあがり挨拶した。

「アポロの三代目ヘッド、長居林太郎だ。あんたが真島誠だな。あのコラムはおれも読んでる」

おれはやつのむかいのベンチに座った。背にモリナガミルクとはいっている古いベンチだった。

スタジャンはおれたちの話がきこえない階段の陰に控えている。おれはいった。

「世話をかけてすまない。だが、おれはどうしてもあんたたちが隠してるトシさんのことを知りたいんだ。おれ個人の取材でもあるし、オヤジさんからの頼みもある。なぜ、あんたたちはトシさんのことになると、そんなに口が重くなるんだ」

リンタローは黙って、手すりのしたの淀んだ客の流れを見おろしていた。おれのほうを振りむくという。

「あんたはオヤジさんからトシさんのことをなんときいている」

「父ひとり子ひとりで育てた自慢の息子だ。やさしいところがあるやつだって。違うのか」

リンタローはかすかに笑っていた。

「違わないよ。だけど、それはトシさんのお気にいりのメンバーに限られる。トシさんは自分が好きじゃない人間には厳しかった。片腕だった二代目の浩志さんにもずいぶんきつくあたった。もちろんほかのチームや別な街のガキはみんなトシさんを怖がっていたよ。切れるとなにするかわからないんだ。しかも、どうしたらスイッチがはいるのか誰も予想できない。トシさんがヘッドを張っていたころ、アポロはいつもぴりぴりしていた。それでいて、やさしいときはすごく気をつかってくれるんだ。おれの妹が入院したときなんて、誰よりも早く見舞いにきて、テーブルにのらないくらいの花を届けてくれた」

トシヒロには肉親には見せないまた別な顔があったのだろう。だが、おれだってナンパするときの顔などオフクロには見せたことがない。

「誰にでもそういうことはあるよな」

そうかなといって三代目はそっぽをむいた。

「トシさんはどこかの跳ねあがりの背中から皮膚を切り取ったことがある。ハガキくらいのおおきさの肌を、ぜんぜん研いでないナイフでゆっくりはがしたんだ。見てるやつは何人も吐いていた」

おれはなにもいえずに黙りこんでしまった。他人の痛みをまったく想像できない怪物がたまにいる。リンタローはちらりとアポロキャップのしたから、おれを見あげた。

「それに、あんただって女はなぐらないだろう」

すぐに返事をした。

「トシさんはなぐっていたのか」

リンタローは肩をすくめて、アメ横の空を見た。

「ああ。とくにいっしょに暮らしてる晴美さんはひどくやられていたな。浩志さんがいつもかばっていたから、そっちにまで八つあたりをすることが多かった」

ふくらんでいたおれの気もちがしぼんでいった。リンタローはつらそうに続けた。

「それまでも強いチームだったけど、アポロをここまででかくしたのは二代目の浩志さんだったんだ。あの事件がなくてトシさんがずっとヘッドだったら、きっとアポロは空中分解していたよ。おれだってずっとここにはいなかっただろうと思う」

おれもアメ横のうえの濁った空を黙って眺めるしかできなくなった。三代目のヘッドはいう。

「なあ、マコトさん、おれから話せるのはこれだけだ。まだどうしても知りたいことがあるなら、直接晴美さんにきいてくれ。電話はいれといてやるから、きちんと話はしてくれるはずだ」

そこまでいうとやつは灰色のカーゴパンツの尻をはたいて立ちあがった。

「だけどな、あんたが知ったことをどうつかおうと自由だが、あのオヤジさんに話すときは十分気をつけてくれよ。別に死んだ息子に傷をつけることなんてないだろう」

そうだなとおれはいって立ちあがった。リンタローと手すりに並んでもたれる。

「気をつけるよ。急にすまなかったな」

三代目はそのとき初めて笑顔を見せた。女ギャングならかわいいと目に星を飛ばすキュートな笑顔だった。

「やつにきいたけど、すごい右フックがあるんだってな。今度の件に片がついたら、また上野に遊びにこいよ。有名な池袋のキングの話もきかせてほしいしな」

ありがとうといってがっちりと親指をにぎる握手をした。階段に戻ると気をきかせてスタジャンは姿を消していた。アメ横の路上に戻るおれの気もちは暗かった。

さて、オヤジになんと伝えればいいのだろうか。だが、そのまえにもうひとり会っておかなければならない人間がいる。

もっとも近くでトシヒロにふれて、やつの子まで生んだ女だ。おれはリンタローにきいた携帯の番号を押して、ジャズタクシーの待つ広小路に歩いていった。


晴美との待ちあわせは西池袋の保育園になった。パートの仕事を終えて、これから自転車で迎えにいくところだという。おじいちゃんがいっしょなら、アキヒロもよろこぶといっていた。

タクシーは混雑した広小路を湯島のほうに右折していく。おれの表情を見て、オヤジはいった。

「なんだ、話がうまくいかなかったのか。暗い顔してんな」

おれは背もたれに身体をあずけて注文した。

「ああ、ちょっとガス欠なんだ。帰りは静かな音楽にしてくれないか」

かちゃかちゃとグラスのふれあう音がして、無口なピアノの音が流れだした。ジャズにうといおれだってこいつなら知っている。ビル・エヴァンス・トリオの『ワルツ・フォー・デビー』だ。おれが生まれる遥か以前にヴィレッジバンガードで収録されたライヴ盤。

西池袋までの三十分、トシヒロのオヤジはあまり口をきかなかった。おれも同じだ。都心のビルばかり並ぶ通りの風景を見ながら、ただピアノの音に耳を澄ませる。それは冬枯れの並木や灰色の空にぴったりの音楽だった。


すこやか保育園（冗談ではなくそういう名前なのだ）は、西池袋五丁目のキンカ堂のそばだった。ゲートのまえにタクシーをとめて、おれたちは晴美がくるのを待った。南条は窓越しに園庭で元気に遊ぶアキヒロを眺めていた。こんな時期なので子どもはほんの数人しかいない。オヤジはぽつりという。

「子どもには罪がないというが、あれはほんとだなあ。トシのやつだって、あんな年のころもあったんだがな。いつのまにかギャングなんかになりやがって。マコト、おまえもあんまりおふくろさん泣かすんじゃねえぞ」

泣かされているのはおれのほうなのだが、おれは黙ってうなずいた。世界にすべり台とブランコと砂場しかなかったころのことを思いだそうとしたが、それはもうできない年になっていた。

しばらくしてママチャリにのった晴美が通りのむこうからやってきた。母親の姿を認めると、南条はドアを開けて、タクシーをおりた。

「おれはずっと座ったままだから、すこし腰を伸ばしてくる。クルマのなかで話すといい。暖房をいれといてやるよ」

南条はタクシーの外で母親と二言三言話す。いれ違いに後部座席に晴美がはいってきた。おれは席をずれて、奥に動いた。

「急に呼びだしたりしてすまなかった。もう、ほとんどのことは三代目からきいたんだ。おれが確かめたいのは、あとひとつだけ。こたえなくていいから、イエスならただうなずいてくれ。いいか」

ほつれた髪がうなじに落ちていた。晴美はトシヒロと同じ年だから、今二十六歳だろう。すでに生活に疲れ、ファッションだってダイエーかイトーヨーカ堂で買ったという雰囲気だ。それでも日が沈んで十分後の西空のようにかつての可憐さが残っていた。おれの言葉をきいて、晴美は顔を引き締める。

「アキヒロはトシヒロの子どもではなく、二代目の浩志の子なんだな」

晴美はおれのほうを見ずに、窓の外に目をやっていた。保育園の格子にはカーディガンを着た南条がもたれ、そのむこうの園庭ではアキヒロが手のひらのようにおおきな枯れ葉を大好きな祖父に見せていた。晴美はほほえんだままうなずいた。

「そう。あの子は浩志さんの子。いつもなぐられてるわたしを浩志さんがかばい、浩志さんまでいっしょになぐられた。トシは荒れるときは台風みたいなんだ。女も男も子どもも容赦しなくなる。わたしたちは同じ境遇だったから、相談したり慰めあったりしたよ。トシの目を隠れて会うようになるまで時間はかからなかった」

それでトシに関してアポロの口が堅かったのも説明がつく。初代の名を守り、二代目の妻とアキヒロの父親の秘密を守る。うえのほうの何人かはすべてを知っていたのだろう。晴美はいった。

「ねえ、あなたはどうするの。全部わかったっていって、南条のおじいちゃんに話すつもり」

探るような視線だった。まだおれの知らないなにかがあるのだろうか。

「いいや。適当にごまかしておくよ。別に誰もがすべてを知る必要なんてないからな」

晴美は悲しそうな笑顔を見せた。

「でも、わたしもときどきよくわからなくなる。特にアキヒロのことをかわいがってくれるときなんか、南条さんにすべてを話してしまいたくなる。全部話して、謝って、アキヒロはほんとうは他人だって叫びたくなる」

おれはじっと晴美の目を見つめた。この女はまだ底をだしていない。なにかを隠しているようだ。まだまだ表情にゆとりがあった。

「南条さんにはいわないから、もしまだ心に引っかかってることがあるなら、話したらどうだ。たぶん、おれたちはもう会うこともないと思うし」

何度も洗濯したスエットを着崩した女の目が、薄暗くなったタクシーの後部座席でぎらりと凄みのある光りを放った。晴美の声はかつての女ギャング時代の張りを取り戻したようだった。

「あんたになにがわかるのさ。こっちはこれから何十年もたくさんの秘密を抱えて、あの子とうちの人とおじいちゃんと、それに死んだトシの思い出と生きるんだよ。そいつはあんたが書く作文みたいに簡単なことじゃない。締切も終わりもないただの垂れ流しの人生なんだ」

誰にでも長いあいだせきとめられた感情があふれだす瞬間がある。今日のパートで嫌なことがあったのかもしれないし、もう生活のすべてを放り投げたくなったのかもしれない。おれはなにもいわずに、晴美の口から言葉がこぼれるのを待つだけでよかった。別におれでなくても、そのときの晴美なら誰にでも秘密を漏らしてしまっただろう。ただおれはそのときとなりにいただけだ。

「五年まえのあの日、あたしはトシにいったんだ。もう別れてほしい。好きな人ができた。そうしたらまたトシは荒れたよ。でもあたしは絶対にトシから目をそらさなかった。いくらなぐられても、お腹だけ守って必死に耐えた。途中でトシも気がついたみたいだった。なんで腹を抱えてるんだって、急にまともに戻ってあいつはあたしにいったんだ」

晴美の目のなかでも嵐が吹き荒れていた。目の色がどんどん澄んで深くなっていく。トシの台詞《セリフ》は想像がついたが、晴美の返事をきいたあとのやつの行動はまったく予測できなかった。

「あたしは妊娠してるといった。それにお腹のなかの子は、あんたの子どもじゃないって」

おれは息をのんでいた。タクシーの後部座席が狭すぎて、悲鳴がでてしまいそうだ。おれの声はしゃがれていた。

「トシヒロはそれからどうした」

晴美は涙目になっていた。じっと誰も座っていないまえの座席を見ている。

「あたしの部屋を飛びだしていった。立教大学の裏にある古いアパートだった。でていったときの顔があまり静かだったから、心配になってあとを追った。トシがあのテラスで倒れているのを最初に見つけたのは、あたしだったんだ。警察に届けてから、急にこわくなったよ。もしかしたら、これは浩志がやったんじゃないかって」

おれは窓の外の南条を眺めていた。やさしく広い背中。この男から暴君のようなトシが生まれたのだ。

「違ったんだ」

「そう。すぐに携帯をかけたけど、浩志は神楽坂にあるトラックの集荷センターにいた。よかったって思ったよ。救急車がきて要町の病院にトシが運ばれて、朝方に死んだときには、ショックだったけれど同時にすごく安心したんだ。これですくなくとも、トシに浩志が殺されることはないって」

そこまで話すと晴美は急に背筋を伸ばした。自転車で乱れた髪を直して、てきぱきという。

「もうあたしの話はこれでおしまい。そろそろアキヒロを迎えにいく時間だから」

そういう顔はすでに母親のものになっている。おれはあまりの変わり身の早さに少々驚いていた。自分の話せるところは話した。突然断崖の端まできたようにすっぱりと言葉も感情も断ち落とされ、そのむこう側にはなにもなくなっている。池袋の虚ろな冬空のような空間が広がるだけなのだ。晴美はいつもそんなふうなのだろうか。それともさらにむこうに別な絶壁がそびえていて、この女はおれをそのしたまで連れていっただけなのか。

どちらにしても、もうそれ以上晴美からなにかをききだすことはできそうもなかった。晴美はドアを開けて保育園のいり口にむかい、靴を履き替えたアキヒロを笑顔で抱きあげたのだ。
なにも知らない子どもは絶対の防壁だ。

そのあとジャズタクシーのなかは急ににぎやかになった。さっきまでの暗い雰囲気は嘘みたいだ。曲はニューオリンズの楽しいブラスバンドになった。晴美ののってきた自転車はトランクに押しこみ、後部座席にアキヒロと晴美が、助手席におれが移ってジャズタクシーはゆっくりと池袋の住宅街を流していった。

南条は運転がたのしかったのだろう。立教のまわりを二周してから、晴美親子の住むマンションにむかった。エレベーターのない三階建ての造りだった。おれはママチャリをトランクからおろして駐輪場をでた。南条は二十キロはあるアキヒロを抱きあげたまま、外階段を駆けのぼっていく。アキヒロのはしゃぐ声がうえから降ってきて、おれと肩を並べて晴美は階段を見あげていた。

「晴美さん、お歳暮もらったから……」

そのとき、おれたちのうしろから声が飛んだ。その女の声をきいて晴美の顔は木彫りの面のようになった。トシに妊娠しているといったときでさえ余裕があった表情が、今にも切れそうな糸のように張りつめる。

晴美は恐るおそる横目でおれを見た。おれがその女に気づいているのか確認したようだ。おれは黙ったまま振り返った。

明るい茶色のタイル張りのポーチだった。正月の飾りが開いたままのガラス扉にさがっている。ありふれたマンションのいり口に、エプロン姿の背の高い女が手に白いポリ袋をさげて立っている。女は命日の翌日おおきな花束をテラスに供えていたあの妊婦だった。

うしろ姿でおれと浩志をかん違いしたのだろう。女の上品な顔が蒼白になった。お歳暮のおすそ分けにリンゴをもって近所の友達の家にいく。それにどれほどの罪があるというのだろうか。女はおれに軽く頭をさげた。

「このまえはどうも。晴美さんのお友達だったんですか」

晴美があわてていった。

「いえ、真島さんは南条のおじいちゃんの知りあいなの」

晴美が視線だけでなにかを女に伝えたがっているのがわかった。すべての鍵をにぎっていたのは晴美ではなく、この女だったのだ。晴美が突然そこから先を話さなくなったのは自分を守るためではなく、きっとこの女を守るためだったのだろう。それ以上突っこんでも腐った井戸のように汚い水が湧きだすだけなのはわかっていた。それでもおれはつまらない口をきいた。

「晴美さん、五年まえにトシさんが倒れているのを発見したのは、間違いないですよね。そのとき近くでなにかを見たんじゃありませんか」

晴美と臨月の女のあいだで何度か視線がいききした。ようやく晴美がこたえる。

「さあ、見ていないけど、もう五年もまえのことだから忘れちゃった。マコトさん、もういいよ、トシはああいう人だったんだから」

最後の言葉はおれにではなく、ギンガムチェックのエプロンを着て凍りついている女にむけられた言葉だった。おれは自己紹介した。

「西一番街で果物屋をやってる真島マコトです」

女は真空のなかで呼吸するようになんども口を開け閉めしてからなんとかこたえた。

「松岡未佐子《ミサコ》です」

それから諦めたように笑った。おれの目をまっすぐに見る。

「この近くの西池袋二丁目に住んでいるの。それじゃ、晴美さん、このリンゴどうぞ」

晴美は呆然としてポリ袋を受け取った。信じられないという表情で女を見て、おれのことを振り返りもせずに、黙って肩を落とし階段をのぼっていく。エプロンの女は背をまっすぐに伸ばして、エントランスをでていった。

おれもオヤジにさよならもいわずにマンションを離れた。どうしたらいいのかまるでわからなかった。つい先ほどの晴美のようにレターカーディガンを着た陽気なオヤジになにもかもぶちまけてしまいそうな気がした。

いきなり肩にのせられた五年まえの秘密。おれの足はあまりの重さにふらふらになっていた。


歩いてむかったのはとなりの西池袋一丁目。目と鼻の先にあるウエストゲートパークだ。おれにとっては雛鳥の巣のようなもの。どうしたらいいのかわからなくなったり、すすむ道に迷ったりしたときは、とりあえず円形広場のベンチに座り、周囲の風景に心を開く。

そうやって何度も危険なことや心が折れそうなときをのり切ってきたのだ。おれはその場で三十分放心してから、つぎの三十分考えた。一時間後に携帯を抜いて、あの立て看板にあった短縮を押す。ふたつはいっている池袋署の番号のお偉いさんのほうだ。

横山礼一郎署長はおれのガキのころの遊び相手で、ストレートで東大の法学部を卒業し、警視庁にはいったばりばりのキャリア組。だが、のみ仲間としては金払いもよく悪くなかった。三十すぎの警視正はオフの声でいった。

「マコトか。のみの誘いなら、おれは今夜すごい美人の司法研修生とデートの約束があるからだめだぞ」

おれは冗談を返す気になれなかった。

「すまないが五分だけ時間をくれないか。古い資料を誰かにあたらせてほしいんだ」

礼にいの切り替えの素早さは、池袋のキング並みだった。しゃんと声をまっすぐにしていう。

「事件は？」

「五年まえの芸術劇場裏の殺人事件だ。第一発見者の女の証言を知りたい」

署長はため息をついていった。

「おまえ、また面倒な事件に首突っこんでるな。わかった。あとで携帯にかけるから待ってろ」

おれはなんだか急に泣きたくなった。これまでは悪役とそうでない役の境界は、おれのなかでいつもはっきりしていた。だが、今回はそうではないのだ。

ただのとおりすがりでしかないおれになにができるのだろうか。抱えきれないほどの秘密を背負って生きるふたりの女と息子を殺された父親。誰かのこれからの人生をめちゃくちゃにすることなく、この事件に幕が引けるのか。

おれはにぎやかなネオンサインを浴びながら、金属パイプのベンチで凍りついていた。知らない誰かが見たら、新しい公共彫刻がひとつ増えたとでも思っただろう。


礼にいからの電話は二十分後だった。

「いいか。今回は貸し一だからな。おまえのおかげでデートに十五分は遅れそうだ」

おれは凍えた声でいった。

「わかった。つぎはおれがおごるよ」

「元気ないな、だいじょうぶか、マコト」

だいじょうぶではなかった。もうくたくただったのだ。昨日は上野のストリートギャング四人に袋にされ、今日はとても背負いきれない秘密をふたりの女からわたされた。身体も心ももうぎりぎりだ。

「いくぞ。第一発見者は上田晴美二十一歳。死んだ南条利洋二十一歳の内縁の妻だった。発見者は被害者が倒れていた劇場裏の階段のあたりで、逃げていく若いカップルを見たと証言している。男も女も大学生風の格好で、男の身長は百七十五センチくらい。女もおおきくて百七十センチくらいはあったそうだ。こんなところでいいか。なにか犯人につながるような情報でもでてきたのか」

おしまいのほうは礼にいの声は耳にはいらなかった。頭のなかには白いコートの女だけ。背の高さはちょうど百七十くらいはあっただろう。おれはいった。

「いや。いいんだ。なんだかおれのかん違いみたいだ。それじゃデートをたのしんできてくれ。じゃあな」

携帯のむこうで池袋警察署長がなにかいいかけたようだが、無視して通話を切った。ぎくしゃくとベンチを立ち、あやつり人形のようにおれはうちに帰った。

翌日は一年最後の日だった。さすがにうちの果物屋も大繁盛で、おれは一日中店番をしてすごした。トシの件で動いたのはほんのすこしだけ。南条に電話してあのテラスで会うことにしたのだ。そのすぐあとで晴美に電話して、アキヒロのおじいちゃんと会うことを告げ、心配しなくていいといった。電話のむこうでは男の子がおおきな声で『機関車トーマス』の歌をうたっていた。晴美はいう。

「心配しないでいいってどういう意味」

おれは今回はめずらしく素直だった。

「全部おれのおせっかいだった。おれは開けてはいけない箱を開けちまった。だから、南条さんにはうまくつじつまをあわせてごまかしておく。これからもオヤジさんをアキヒロのいいおじいちゃんのままにしてやってくれ」

しばらく晴美は黙っていた。トーマスは二番になった。

「ありがとう。未佐子さんにもそういっておく」

「それがいいな。真実なんてろくなもんじゃない。正月になったら、うちのフルーツもって顔だすよ」

　ありがとねと晴美はいった。おれは感謝されるようなことなどなにもしていない。気を取り直して店番に戻った。うちのオフクロはあざだらけの顔で店に立つおれに嫌な顔をしたが、ここは池袋の西一番街だ。青タンだろうが赤タンだろうが気にする客などひとりもいなかった。

　大晦日の夜、紅白が終わるまで果物屋を開け、年が変わると店の奥でてんぷらそばの出前をくった。この日だけ容器は発泡スチロールのつかい捨てになるが、あいつでくうと同じそばでも味は半分に転げ落ちる。オフクロはさすがに昔の女でうちの丼（これが唐津の名のある陶芸家ものらしい、うちのオフクロは変なところに贅沢なのだ）に移し替えてくれた。

「明けましておめでとうございます」

　おれが改まってそういうと、和服に着替えたオフクロも店先で腰を折り、同じようにていねいに返した。これがこの二十年続くうちの正月の迎えかただ。

　おれが礼儀正しい青年に育ったのにはちゃんとした理由があるのだ。


　元旦はどれもこれも似たようなお笑い番組を寝そべって眺め、西武のデパ地下で買ってきたおせち料理をつまんだ。そのあいだずっと考えていたのは、どうやって南条のオヤジをごまかすかって話。おれは嘘がうまいけれど、あとで笑えない嘘は好きじゃない。だから、トシヒロについての嘘を考えるのはなんだか気が重かった。

　ちょっとでてくるといって、家をでたのが夜十時十分まえ。うちから芸術劇場までは五分もあれば歩いていける。おれはロマンス通りにでていた軽トラックの花屋で、白いユリの花を買って約束の場所にむかった。

遠くからでもテラスはすぐにわかった。最初にオヤジを見つけたときと同じように、ロウソクのやわらかな炎が揺れていたからだ。正月の通行人は楽しそうに酔ってテラスの横をにぎやかにすぎていった。

おれはオヤジの花束のうえにユリをおいた。ポケットからあの夜と同じ缶コーヒーを取りだす。南条はうわ目づかいでおれを見てにやりと笑った。

「用意がいいじゃないか」

おれはオヤジのとなりに腰をおろした。顔を見ずにぼそりという。

「結局なにもできなかったからな。こんな顔になるまでやられたのに、なぐられ損もいいとこだ」

それがおれのだした結論だった。オヤジさんはじっとおれを見つめていた。

「うちのトシについちゃあ、おれもいくつか悪い噂はきいてるんだ。上野署には中学のころからもらいさげにいってるしな。でも、いいだろう。おれはマコトさん、あんたを信用する」

ジャズタクシーの運転手はそういって、なにか照れたように笑い、おれから目をそらしてロウソクの灯を見つめた。おれはその視線のとろけるような丸さに言葉を失った。あと十五分いっしょに世間話をして、今夜は帰ろう。それで布団をかぶって明日にはすべてを忘れるのだ。そのとき、あの声がした。すべての真実を告げる女神の呼び声。

おれはあんなやわらかな声には二度と耐えられそうにない。

「すみません」

その声は低く静かにそういった。おれがあわてて振りむくと、白いダウンコートの女とそのうしろにサラリーマン風のやさ男が立っていた。すこし離れて晴美もいた。おれはカップルの身長を目測した。百七十と百七十五。白いコートの女は臨月の腹を抱えるように深々と頭をさげた。

「松岡未佐子と申します。この五年間いつも誰かに気づかれるんじゃないかと、ずっとびくびくしていました。心の休まる日は一日もありませんでした。ごめんなさい、あの夜トシヒロさんを押して階段から落としたのはわたしなんです」

おれはじっと南条の横顔を見つめていた。困惑は驚きに変わり、おおきな腹に視線が落ちるとそれは憐れみの表情になった。南条はいった。

「わけがわからねえ。どういうことか、最初から説明してくれ」

今度まえにすすみでたのは晴美だった。どこか初詣でにでもいったのだろうか。型遅れのスーツに無難なだけの黒いコートを羽織っていた。おれは首を横に振って合図を送ったが、晴美はほほえんで必死のおれを無視した。

「あの夜、わたしはトシと別れ話をしていたんです。おとうさんには恥ずかしくていえなかったけど、トシは家のなかではひどかった。わたしはいつもなぐられて、一年中身体からあざが消えることはなかった。それでも怖くてトシと別れられずにいるうちに、ほんとうに好きな人ができました」

南条は半分白い坊主頭をがっくりと敷石に垂らしていた。地面に投げ落とすようにいった。

「そいつは浩志さんかい」

晴美は正面を見つめたまま涙を落とした。黒いコートをすべった涙がテラスに落ちていく。

「ごめんなさい、浩志さんです。浩志さんはなんでも相談にのってくれたし、とてもやさしかった。わたしをなぐらなかった。あのころわたしはわたしをなぐらない男の人がみんなやさしく見えるような毎日だったんです」

南条はテラスのうえに正座して、晴美に頭をさげた。

「そうか、すまなかったな。うちのバカ息子がそんなことを……」

そこまでいうとオヤジさんは恐ろしいものでも見るようなうわ目づかいをした。

「アキヒロはそれでもトシの息子なんだろう」

晴美の返事は涙で言葉にならなかった。一生懸命首を横に振るだけだ。それで南条には十分だったようだ。背が丸まって身体がひとまわり縮んだようだった。

「アキヒロは、アキヒロはおれの孫じゃなかったんだ。そうか、そうか」

涙もでない様子でオヤジさんはそう繰り返した。やさしい声でいう。

「そっちのお嬢さんは、なぜトシを突き飛ばしたんだい」

未佐子はすべてを諦めたようで、その場でひとりだけ冷静だった。

「これはわたしたちのほうから見た話です。だから一方的で正確な事実ではないかもしれません」

南条は正座したままちいさくうなずいた。

「あの夜、結婚まえの主人とデートをした帰り道、タクシーのり場にむかうところでした。そのときこのテラスですごい勢いで歩いてきた男の人にうちの主人の肩があたったんです。その男はなにもいわずにいきなり主人をなぐりました。わたしがあいだにはいるとわたしを突き飛ばし、頭を抱えた主人の腕のすき間を狙って何度もこぶしで主人をなぐりました。やめてと叫びましたが、周囲に人はいませんでした。それでわたしは男の人のわきから体あたりしました。殺すつもりはありませんでした。ただその凶暴な人を主人から離したかっただけです」

南条は未佐子をとおりすぎて、男のほうを見た。

「そいつはほんとうか。あんたが突き飛ばしたんじゃあないだろうな」

サラリーマン風の男は黙って首を横に振るだけだった。ハンカチで涙をぬぐっていた晴美が口を開いた。

「突き飛ばしたところは見ていないけど、叫び声ならわたしはきいています。犯人がつかまらなければいいと思ったわたしは、未佐子さんの顔を見たことは誰にもいわなかった」

未佐子は長身の背を折って、南条のまえにひざをついた。テラスに額がふれるほど頭をさげる。もう冷静ではいられなくなったようだ。顔をあげたときには目が真っ赤になっていた。

「何度も何度も自首しようと思いました。でも、そのころちょうど就職試験の最中だったし、彼のほうまで迷惑をかけることはできませんでした。大学を卒業したら結婚しようと、うちと彼の家のあいだで婚約話もすすんでいたんです。自分のことばかり考えていて、ごめんなさい。五年ものあいだこうして正直に謝れなくてすみませんでした。ほんとうにごめんなさい」

そこまでいうとこらえられなくなったようだった。未佐子は声を殺して泣きだした。夫がやってきて、未佐子のとなりにひざをつき肩を抱いた。ふたりはそろって頭をさげた。男はいった。

「むしがいいお願いなのはわかっています。でも、来月五日がお腹の子の出産予定日なんです。だから、あと三カ月だけ時間をください。お願いします。警察の施設で生まれるのは、なんの罪もないこの子があまりに不憫です。未佐子が元気に子どもを生んで、赤ん坊にどうしても母親の手が必要なあいだだけでいいんです。そうしたらきっと自首させますから、うちの家族に時間をください」

男のほうも人目をはばかることなく鼻水を垂らしていた。南条も隠さずに泣いている。おれなんてすでにバカみたいに一年分の涙をPコートに落としていた。せっかくの新品がもうべたべただ。あたりを満たすのはやわらかなロウソクのあかりと息を殺した泣き声だけだった。

じっと固まっていたオヤジさんが、白い花束を見てぽつりといった。

「松岡さんとかいったな、あんたたちはまだご両親は健在かい」

松岡夫妻はそろってうなずいた。南条は正座を崩さずに、何度もちいさくうなずいた。そうか、そうか。

「赤ん坊が生まれるんじゃあ、母親を取っちまうわけにもいかないよなあ。赤ん坊には罪はないもんな。おい、あんたたち立派な子どもを生んでしっかり育ててくれよ」

それからオヤジさんはロウソクと花束にむかって頭をさげた。

「バカなオヤジで悪かったな、トシヒロ。おれは結局おまえを立派に育てることなんてできなかった。夢にまで見たのにおまえの仇を取ることもできなかった。おれはだめなオヤジだったなあ。いつかそっちにいったら、謝るからおまえはそこでもうすこしひとりで頭を冷やしてろ」

オヤジさんは涙で濡れた顔をあげて、目のまえにひざをつく若い夫婦にいった。

「おれは今の話をきかなかったことにする。丈夫な赤ん坊を生んでくれ。おれみたいに失敗しないでくれ。毎年、命日がすぎてもここに花束が供えてあるのが不思議だったんだ。あれはあんたたちの花だったんだろう」

未佐子は泣きながらうなずいた。そうか、それならいいんだと南条はいった。

「毎年、花をやってくれ。自首なんかして不幸な家庭をもうひとつ増やすことはねえ。さあ、身体が冷えちまうぞ。家に帰ってゆっくりと風呂にでもつかんな。晴美さんもいってくれ。くれぐれも身体を大事にな」

おれもその場を立ち去ろうとした。もうこんな悲しみには耐えられそうになかったのだ。南条のオヤジはおれのほうを見あげ、また涙目で笑った。

「おい、マコト、あんたは残れよ。今夜はつきあってくれ」


その夜おれはジャズタクシーの助手席に、オヤジは運転席に座り、いつ果てるとも知れないドライブをした。おれの新年のひと晩など、孫と息子を一度になくした南条を慰めるためなら安いものだった。

おれたちは激しいジャズも悲しいジャズもききたくなかった。できればメジャーコードの曲がいい。おれはいつか上野からの帰り道にきいたビル・エヴァンスをリクエストした。ツンとスコット・ラファロのベースがうなり、枯れ葉の舞い落ちるようにエヴァンスのピアノが短いフレーズをくるくるとつなぎ『ワルツ・フォー・デビー』が流れだした。

おれたちはすべての塵がぬぐい去られた東京の新年の夜を走った。池袋、新宿、上野、秋葉原、御茶ノ水。どこもおれの大好きな街だった。にぎやかに道路に繰りだした酔っ払いが、回送のサインなど無視して、おれたちのタクシーに手をあげていた。

オヤジは何度もこれでよかったんだよなとおれに確認した。おれは南条のオヤジほど強くはないから、ほんとうはあれでよかったのかどうかなんてわからなかった。だが、強がっていった。

「もう一度、同じことがあったら、きっとまたさっきみたいにするんだろ」

ジャズタクシーの陽気な運転手は困った顔をした。

「そうだな、またあんなにみっともないくらい泣いて、無理をするんだろうな」

おれは窓の外を眺めていった。

「おれがあんたの息子だったら、あんたのことを誇りに思うよ」

そうか、そうかという声の調子で、南条のオヤジがまた泣いているのがわかった。おれはもうなにも考えなかった。それから夜明けまでピアノトリオをききながら飛びすぎる東京の街を見ていただけだ。

こうしておれの新しい一年の最初の一日が終わった。朝の光りのなか、自宅にではなくウエストゲートパークのわきでタクシーをおろしてもらう。東武デパートの鏡の階段のような壁面に冷たい朝日がきらきらとこぼれていた。

おれは遠ざかっていくジャズタクシーに両手を振って別れを告げた。今年一年がなにを連れてくるのか、おれには想像もできない。だが、あのレターカーディガンのオヤジのような勇敢さがあれば、どんなことが起きてもきっとだいじょうぶだ。

おれはスケートリンクのように霜のおりた円形広場を口笛を吹いてわたり、家に帰った。曲はもちろんこれから生まれてくるベビーのためのワルツだ。

黒いフードの夜

ひと晩で街から色が消えてしまうことがある。色とりどり鮮やかだった街が、コンクリートの灰色とアスファルトの黒だけになってしまうのだ。消えてしまったのは金、銀、赤、黄、紫とブロンドによく似あう鮮やかなブルー。みんな見慣れていたはずなのに、いなくなっても誰ひとり気づかない夜の街の色だ。

意味がわからないって？　あんたが遊び人ならきっと想像がつくはずだ。どれもＪＲ池袋駅北口の先にあるホテル街を、毎晩のように彩っていた世界各国名産の、今が盛りの花の色。これを読む誰かさんのなかにもけっこうお世話になったやつが多いと思う。だって商売にならなきゃ花たちだって、氷点下を記録する真冬の夜中にいつまでも立ってはいられない。花を売るのはたいへんなビジネスなのだ。

池袋ではロシア人もルーマニア人も、コロンビア人もチリ人も、どの国の女たちだって、それぞれの縄張りを守って仲よくやっていた。夜の散歩のたびに目についた数十人という女たちが、いきなり消えてしまったのは去年の秋口のことだ。ある晩、のみにでかけた帰り道、ホテル街で街灯の明かりが点々と落ちている以外、誰も立っていないのを発見してびっくりする。子どものころから見慣れた景色だったのに、カタコトの日本語でうるさいくらい声をかけてきた女たちがひとりもいなくなっている。

おれは風俗なんて詳しくないから、消えた女たちがどこにいっちまったかなんてぜんぜんわからない。だが、女たちのなかには気のいいやつがいて、うちの店で果物を買ってくれるお得意さんもちゃんといた。そのルーマニア女はいっていた。日本の果物は見た目はすごくいいけど、たべてみるとそれほどじゃない。日本人の女といっしょだね、マコト。ルーマニア女は見た目も中身も最高だよ。試してみなよ、あんたなら安くしとくから。続いてメグ・ライアンみたいなウインクを一発。

おれもすこしクラッときたが、試す気になるまえに彼女は消えてしまった。ちょっと損した気分だったが、まあ別にいいやとおれは思った。どこか取り締まりの厳しくない街で彼女が今も元気でやっていることを祈るだけだ。だってそうだろ。消えたものは、必ずどこか別な場所にあらわれる。そして、消えてしまったやつらの取り分は、ラッキーな別の誰かさんのふところにはいるはずなのだ。

ひとり残らず娼婦たちが消えた春の池袋で、おれが二十六歳のルーマニア人の代わりに出会ったのは、十四歳のビルマ人だった。ルーマニア人は女で、ビルマ人は男の子だった。だが、どちらもやっている商売は変わらない。花を売る。春を売る。売ってはいけないものを売る。

いっそのこと誰か、もてあまし気味のおれの青春も買ってくれないものだろうか。

透水性のカラーレンガが張られた店のまえの歩道でおれはしゃがみこんでいた。痛んだパイナップルを包丁で切り、カットフルーツをつくっていたのだ。三月もなかばの日ざしは背中にぬるく落ちて、おやじの代からつかっている包丁は水を切るように果肉を裂いていく。腐って茶色に変色した部分はぽんぽんとダンボール箱のなかに手首だけで投げこんだ。仕あげで割り箸の束に手をのばした瞬間、そのガキがおれのとなりにいきなり座りこんだ。なんだか空からおりてきたようだった。

浅黒い顔にほとんどまん丸の目。頬も丸く、ひどくやわらかそうだ。どこかのディスカウントショップで一枚三百八十円で売っていそうな化繊の白い長袖シャツに、中学校の黒い制服ズボン。シャツのしたには、これも安ものの長袖Tシャツを着こんでいる。そっちは紺と白のボーダーだった。頭が弱いんじゃないかというくらい無防備ににこにことおれに笑いかけてくる。小鳥のような声でいった。

「あの、その箱のなかのパイナップル捨てるんですよね」

日本語の発音がおかしかった。東南アジアのどこかとおれは思った。ショウジョウバエのたかり始めた果実の残骸に目を落とす。

「そうだよ」

男の子は恥ずかしそうにいった。

「それ、もらえないでしょうか。うちの妹たちにたべさせてあげたいんだけど」

おれは頬を赤くして笑顔をつくり続ける少年を見た。靴は例のスウッシュマークがちょっと歪んだナイキのバッタもののスニーカーだ。

「こんなのでいいなら、もっていけば」

少年は胸のまえで両手をあわせて、軽く頭をさげた。金色に塗られた仏像にでもなった気分だ。

「どうもありがとう。名前はなんていうんですか」

おれは自分の名をいった。少年は口のなかで何度か繰り返す。

「今度お寺にいったら、マコトさんのこともお願いしておきます。ありがとう」

男の子は角が果汁で黒く濡れたダンボールを脇に抱えると、自分の名前はいわずに去っていった。豊島区の人口は今年の正月で約二十五万人、そのうち十人にひとりは外国人である。ここは春の池袋なのだ。もう二度と口をきくことはないだろうが、ちょっと変わった異邦のガキとの出会いなんてありふれている。


予想に反して少年はつぎの日もうちの店にやってきた。前日と同じ格好で恥ずかしそうに店先で笑っていたのだ。学校はどうしているのだろうか。おれはあきれていった。

「おいおい、今日はなんだよ」

男の子はまたおれに両手をあわせた。

「うちのおかあさんがお礼をいってくれといってました。ついでに……」

つま先のほころんだスニーカーを見つめていいにくそうにしている。

「……今度はバナナでももらえないかって。ごめんなさい、あの、うちはお金ないんです」

あまりに正直なひと言におれは笑ってしまった。店先を見まわせば、黒死病にかかって瀕死状態のフィリピンバナナが、ひと山五十円でザルに積んである。おれもふざけてやつにむかって両手をあわせた。こんなことをしていたらおれまで敬虔な小乗仏教徒になっちまいそうだ。

「おれんちも金はあまりないよ。おまえ、五十円ももってないのか」

男の子はあわてて首を横に振った。

「あるけど、つかえないお金だから。じゃあ、今日はいいです」

会釈して帰ろうとした少年におれは声をかけた。

「待てよ。おまえ、どこの国からきたんだ。名前は」

小柄な少年はあわてて振りむいた。

「ビルマからきました。名前はサヤー・ソーセンナイン」

おれは白いポリ袋にバナナの山を落として、男の子にさしだした。

「いいよ、サヤー。もってけよ」

そこでおれは信じられないものを見た。ビルマ人の少年は汚れた西一番街の歩道にひざをつき、おれに両手をあわせ頭を深々とさげたのだ。おれはそんなことを人からされたのは初めてだったので、口を開けたまま見ていた。春の穏やかな日ざしのなか、サヤーのまわりの空気だけ、ちりやほこりをきれいに拭い去られてきれいに澄んだように見えた。通行人まで驚いて道を避けていく。少年はポリ袋を受け取ると、西口五差路のほうへ歩いていった。店の奥に戻ったおれにおふくろがいった。

「マコト、いったいなにをやったんだい。商売もののメロンでもただでくれてやったわけじゃないだろうね」

おれは慈悲の心を知らない愚かな女にむかって合掌した。

「ひと山五十円の腐りかけのバナナだよ。さい銭をやったと思えば安いもんだろ。おれたちの分も神さまに祈ってくれるってさ」

おふくろは冷酷な殺人者の目でおれをじっと見てから、階段をあがって二階の部屋に消えた。信仰はいつだって命がけである。


つぎの日から商売ものを捨てるまえに、まだくえるか調べるのが癖になってしまった。傷んだパイナップルやバナナだけでなく、売れ残りのイチゴやしぼんでやわになったオレンジにライム。どうせ生ゴミになるだけなのだから、サヤーの家族がかたづけてくれたほうが果物にとってもうれしいというものだ。

おれは甘いにおいを放つポリ袋を用意して、あの少年がくるのを待っていた。店先のCDラジカセでかけるのは、ベートーヴェンのヴァイオリン・ソナタ五番。あまりにそのものずばりなんで恥ずかしくなる題名は「スプリング」だ。後年の複雑で深遠で偉大な楽聖だって嫌いじゃないが、おれはベートーヴェンは初期や中期のほうが積極的に好きだ。交響曲なら三、四、五番（余計な話になるが、カルロス・クライバーは死ぬまえに三と九を録音してくれないものだろうか）。

ヴァイオリン・ソナタの全十曲はほとんど三十代までにつくられたもので、心やさしいメロディや一丁かましてやろうという幼い覇気に満ちている。そんな若々しい音楽を薄汚れた池袋の街並みを眺めながらきいているのが、なんだかおれにはひどくたのしいのだ。人間も芸術も立派なばかりではやっていられない。

おれがひなたぼっこを兼ねて店先の歩道にでていると、駅のほうからサヤーが歩いてきた。なぜか、顔を伏せて、うちの店のほうを見ないようにしている。おれはいったん店のなかに戻り業務用の冷蔵庫からポリ袋を取りだすと、歩道にもどった。ふざけて合掌して声をかける。

「サヤー、今日は四種類のフルーツ盛りあわせができるぞ」

ビルマ人の少年は顔をあげた。おれを見る目はこれ以上はないというくらい必死だった。黙って首を横に振り、おれと自分のあいだを歩いているサラリーマン風の男の背中を視線で示した。灰色のスーツを着た男は、薄手の書類カバンを手に迷惑そうにおれを見る。サヤーはおれのわきをとおるとき、小声でいった。

「マコトさん、ありがとう。終わったらあとで取りにきます」

サヤーは先を歩いていくスーツ男のあとをついて、ロマンス通りへ折れていった。曲がり角で、おれにそっと会釈する。そのまままっすぐ歩いていけばなにがあるのか、この街で育って二十年以上のおれにはよくわかっていた。

池袋二丁目のラブホテル街。

ショックだったが、直感でわかった。この街で暮らしていれば、そういうカンだけは嫌でも磨かれていくのだ。サヤーは中学をさぼって、男相手に身体を売っている。家が貧しいというのは、冗談や比喩でなく切り詰めた正確無比な表現なのだろう。いくら不景気でも日本人の家庭ではめったにない状況のはずだ。

ブランドものを買ったり、おしゃれな店の開店資金のためでなく、家族の食費のために十代なかばで身体を売る。おれはバカみたいに店のまえに立ちつくし、手にさげたポリ袋から立ちあがる果物の腐った甘いにおいをかいでいた。


その日は結局サヤーはうちの店に顔をださなかった。やつの家族のためのフルーツはそのまま、生ゴミのバケツいきだ。続く数日もやつはやってこない。春になって日ざしも気温もぐんぐん熱をもっている。店先に並んだ果物の回転も速くなっていた。良心的なフルーツショップなら、毎日ポリ袋でふたつ、みっつ分の処分品はでてしまうのだ。おれはサヤーが顔をだしてもださなくても、冷蔵庫の隅にやつのための袋を用意していた。

ぺらぺらの白シャツを着てやつがきたのは、週が明けた月曜日の夕方だった。サヤーはうちの店にはいってくると、今度は堂々と皿に積まれたカリフォルニアオレンジを指さした。一皿五個で八百円。おれはそれでも恥ずかしそうに頬を染める丸顔の少年にいった。

「無理しなくていいぞ。金はあるのか」

サヤーはうなずいて手のひらを開き、電車の切符くらいのおおきさにたたまれた千円札を見せた。おれはポリ袋にぴかぴかに光るオレンジをいれた。そのあいだグローバル経済について考えないわけにはいかなかった。このオレンジはアメリカ資本の大農場で、メキシコ移民によって採取され、日本人のおれがビルマの少年に売っているものだ。ふたつの豊かな国とふたつの貧しい国。おれはサヤーが身体を売って稼いだ金を受け取り、つりを返した。冷蔵庫からふた袋分もたまった傷ものフルーツを取りだし、店の奥のテレビで夕方のニュースを見ているおふくろに声をかけた。

「ちょっと配達いってくる。店を頼む」

おふくろはおれを見てからサヤーを見た。うなずくとテレビに視線を戻していう。

「そこのメロンもいっちまってるから、もっていきな」

サヤーはおれのおふくろにむかって合掌した。おれはもちろんそんなことはしなかったけれど、この挨拶を日本中ではやらせるのも悪くないなと思った。そうすれば、同じ不景気だってぐっとしのぎやすくなるというものだ。

サヤーと肩を並べて西一番街を歩いた。おれの肩くらいまでしかないちびの男の子にいう。

「ちょっと話をしたいんだけど、いいかな」

サヤーはうわ目づかいでおどおどとおれを見ると、黙ってうなずいた。おれたちがむかったのは、みずき通りをわたり、池袋駅西口のロータリーを越えた先にあるウエストゲートパークだった。そういうとなんだか距離があるみたいだが、うちの店から西口公園まではほんの三、四分だ。

春の湿った夕日が斜めに落ちる広場を仕事帰りの会社員たちがとおりすぎていった。みな自分の歩く数歩さきだけを見つめて、周囲をとりまくケヤキの若葉など見ようとはしなかった。枝先についた餌を求めて空から集まった半透明の小魚。無数の群れが春の空を涼やかに泳いでいる。

サヤーとおれは並んでスチールパイプのベンチに腰をおろした。おれは気になっていることから最初にきいた。

「おまえ、中学いってないのか」

サヤーはうつむいて広場の敷石を見つめていた。

「半分いってる」

「義務教育は毎日いかなきゃだめなんだぞ」

サヤーはおれを見あげて、にこりと笑った。駅まえを外国人排斥を雷のような音量で叫ぶ右翼の街宣車がゆっくりと流していた。

「うちのクラスの先生と同じことというね、マコトさん」

おれはなんといっていいかわからないまま返事をした。なんだかぶっきらぼうな調子になってしまう。

「それで残り半分は、どこかの男を相手にしてるんだ」

サヤーはベンチに座ったまま、どんどん縮んでいくようだった。背が丸まり、肩が落ち、手のひらをぎゅっとにぎりしめる。男の子は淡々といった。

「仕事なんだ。しかたないよ。ぼくは九歳からやってるから、もう慣れてる。ときどき怖いこともあるけど、平気だよ。うちのデリヘルはそんなにむちゃなことはしないし」

しばらくなにもいえなかった。おれたちのあいだを春の風が生ぬるく吹いていくだけだ。おれは淡い夕空に映える原色のネオンサインをじっと見ていた。サヤーが目をあげて、公園を垂直にとりまくビルの壁を見あげた。

「三年まえ日本にきたとき、ここは天国だって思った。夜だって昼みたいに明るいし、ほしいものはなんだってあふれるほど売っている。ビルマみたいに内戦も軍人もないし、宗教の対立もない。でも、どこにいってもこの星のうえには天国はないんだってわかったよ」

サヤーは浅黒い顔をピンク色のネオンで火照らせていた。

「そうだな、池袋は天国なんかじゃないかもな。ここには法律だってある。いいか、おまえをつかって売春させているやつは、犯罪者なんだぞ。日本では売春は違法だし、その相手が未成年なら重い罪になるんだ。買うやつも売るやつもな。身体を売るのをやめて、中学にいきたければ、そうできるんだ。サヤー、おまえはなにがしたい」

おれを見るサヤーの目が東武デパートのうえの空みたいに暗くなっていった。

「ぼくはなにかをしたいからやったなんてことは、生まれてから一度もなかった。ただやらなければいけないから、やってきただけだ。この仕事だってやめるわけにはいかないんだ」

サヤーはそれだけいうと黙りこんでしまった。九歳からずっと身体を売っている少年。日本では考えられないことだった。おれが沈んでいると、元気づけようとでもいうのか、サヤーはいきなり明るい声をだした。制服のズボンから携帯電話を抜いておれに見せる。

「ねえ、マコトさん、今夜うちで晩ご飯たべない？　うちのかあさんに電話してきいてみるから」

おれは最新式の折りたたみ携帯に目をやった。

「貧乏でもそんなものはもってるんだな」

サヤーは通話ボタンを押しながらいった。

「違うよ。これは仕事の呼びだし用に事務所からもたされてるプリペイド携帯だ。うちの家族でこんなのもってるのはぼくだけだよ」

電話がつながるとサヤーはおれにはわからないやわらかな言葉で、なにか母親と話していた。不思議だが、母と子の会話というのは世界のどの国の言葉でも雰囲気だけでわかるような気がした。サヤーは携帯を閉じると、勢いよくベンチを立った。

「オーケーだって。いこう」


おれたちは両手に果物いっぱいのポリ袋をさげて、夕暮れの街を歩いていった。川越街道を越えて二十分、電柱の番地は池袋本町三丁目だが、実際は東上線の下板橋駅近くの住宅街にまぎれこんでいく。サヤーが案内してくれたのは、木造のアパートだった。築四十年くらいになる歴史的建造物だ。玄関の脇に共用の巨大なげた箱と郵便受けが並び、中央がすりへってくぼんだ暗い廊下が奥にのびている。両側に木の引き戸が交互に続いていた。サヤーは一番奥から二番目の部屋の扉を引いた。からからと滑車のなる音がして、どこかについているちいさな鐘が鳴った。おれはこんばんはといいながら、室内にはいった。

広さは六畳、まんなかには古道具屋でも見かけることのすくなくなった丸いちゃぶ台がおいてあった。その周囲を三十代後半の夫婦と女の子がふたりかこんで、にこにことおれを見あげてきた。部屋にあるテレビやラジオはどれも型遅れで、どこかの粗大ゴミ集積場から拾ってきたもののように見えた。サヤーがおれを紹介してくれた。

「この人が駅まえのフルーツショップのマジマ・マコトさん。いつもただで果物をくれるんだ。それで、こっちがうちの家族で」

父親を手のひらで示すとサヤーはうれしそうにいった。

「とうさんのウーとかあさんのティウン、うえの妹で小学六年生のトームと五歳のマだよ」

みな紹介されるたびに胸のまえで合掌した。おれは立ったままばかみたいに笑い、うなずいてみせた。貧しいけれど幸福そうな一家に見えた。おかしいなと思うのは父親のウーくらいだ。なぜかサヤーのおやじさんは、座ったままじっとしていられずに始終体勢を変えているのだった。手と足の先は病人みたいに震えている。

おれはちょいと美人のおふくろさんにポリ袋をわたして、空いている場所に腰をおろした。それでほぼ部屋のなかからすき間がなくなった。ティウンが引き戸の脇についた半畳ほどのキッチンに立つといった。

「今ごちそう用意するから、ちょっと待っててね、マンジー・マンコートさん」

おれは篤志家のミスター・マンコートの振りをして、家族の会話に加わった。


サヤーのおふくろさんがだしてくれたビルマ料理はけっこううまかった。米はぱさぱさのインディカ米だ。これがビルマ風の煮こみ料理とよくあうのだ。スィービャン・チュッ（たぶんそんな感じの発音）は唐辛子のきいた真っ赤な豚肉カレーのような見てくれだが、恐るおそるたべてみるとあまり辛くはなかった。味はパプリカと魚醤がメインで、真っ赤な油の底に沈んだペースト状のタマネギをすくって白いご飯にまぜると抜群だった。おかずはその煮こみと金属の皿に盛られたエビのサラダだけだったが、サヤーの家族はよくたべ、よくお代わりをした。大鍋に炊いてあった米がどんどんなくなっていくのだ。ビルマ人はどうやら腹いっぱい米をくわないと満足しないようだった。昔の日本人みたいだ。

その食事のあいだもおやじさんはつねに姿勢を変えていた。小皿にひと盛の飯をくうあいださえ、二度三度とひざを立てたり、足を組み直したりする。やせた顔にもあまり表情がなく、目は壁に空いた穴のようだ。おれは食後のバナナフライを終えるまで、ウーからは視線をそらせていた。

洗練された北の工業国の魅力がアピールするのか、五歳のマはしきりにおれに抱っこしてもらいたがった。もっと大人の女性にきく力ならよかったのに。みなが夕食を済ませた七時すぎ、ティウンが席を立った。

「じゃあ、仕事にいってくる。マンコートさん、ここを自分の家だと思って、ゆっくりしていって」

壁にさげられた鏡のまえで髪だけ整えると、ティウンが上着を羽織って部屋をでていった。陽気なおふくろさんがいなくなって、急に話の回転が悪くなった。おれはお腹を押さえた。間抜けなジェスチャーゲームみたいだ。

「もう腹いっぱいでたべられない。今日はごちそうさま。おれはそろそろ失礼します。今度、マもトームもうちの店に遊びにこいよ」

おれが席を立っても、ウーはむずかしい顔をして部屋の隅を見ていた。引き戸を開けようとするとサヤーがいった。

「そこまでマコトさんを送ってくる。すぐ戻るから」

おやじさんは黙ってうなずき、貧乏揺すりを始めた。妹たちはおにいちゃんだけずるいと叫んでいる。おれとサヤーは静かに廊下を歩き、玄関に戻った。小声でいう。

「サヤー、食後のコーヒーでものまないか」

サヤーはため息をついてうなずき、靴のなか敷きにＮＩＫＡとプリントされたスニーカーをひっかけた。


おれたちがはいったのは下板橋の駅まえにある全国チェーンの喫茶店だった。狭い階段を二階にあがり、窓際の禁煙席に座った。サヤーは窓のむこうをぼんやりと見ている。おれのおごりのカフェラテには手をつけなかった。となりの席では高校生のカップルがひと言も口をきかずに、その場にいない誰かにメールを送りつけている。

「とうさんを悪く思わないで、マコトさん」

どの店でも同じ味のするコーヒーチェーンのラテをのんだ。まずくはないが、うまくもなかった。平準化と平均化。これが進歩というものかもしれない。

「ウーさん、病気なのかな」

サヤーは誇らしげに顔をあげた。

「マコトさんて、八八年にビルマで起きた民主化運動を知ってる？　うちのとうさんはそのときヤンゴン大学にいてデモを組織したんだよ。アウン・サン・スー・チーと話したこともあるし、学生たちが始めた憲法草案の作成にもかかわっていたんだ」

日本なら東大生の中道左派オルガナイザーというところだろうか。まあ、ビルマほど切実な要求など、この国の大学生にあるはずもないが。サヤーの表情が曇った。

「だけど、軍につかまってしまった。とうさんが長い時間立っていられなかったり、同じ姿勢を取れないのはそのせいなんだ。ビルマの刑務所ってひどいから」

サヤーの丸々とした顔から血の気が引いていくのがわかった。おれはぽつりといった。

「拷問か」

「うん。レンガでできた小部屋に連れていかれて、黒いフードを頭にすっぽりとかぶせられるんだって。それでバイクやモデルをやらされる」

おれの声は囁きほどにちいさくなった。となりのテーブルでは、無口な恋人たちがまだ親指メールに夢中になっている。

「バイクってなんだ」

おれの質問でサヤーの目の奥に火がついたのがわかった。ビルマからきた十四歳の少年は怒りと興奮で目をきらきらと光らせていた。

「バイクはつま先で立ってひざを曲げ、バイクにまたがるみたいな中腰の姿勢をずっとする拷問なんだ。いいといわれるまで何時間でも。倒れたら身体中を棒やブーツでたたかれる。モデルはビルマ語でポウンサンていうんだけど、これも同じだよ。エビみたいに身体を曲げて座り、ひと晩中同じポーズを続ける。それができないと、鉄の道が待ってる」

人間の想像力の残酷さに魅せられて、おれはしびれたようになっていた。鉄の道がなにかきいてみる。サヤーは口をとがらせていった。

「バイクで立っていられなくなると、足を伸ばして座らされるんだ。すねのうえには錆びた鉄の棒がおいてある。ふたりがかりでその棒ですねをこするんだ。足首からひざのしたまで何百回も。すぐに肌が破れて、骨が見えてくるんだって。そんなふうに黒いフードをかぶった夜が何週間も続くんだ。食事は腐ったスープにもみがらつきの虫食いご飯。暗くなるたび顔の見えない誰かに責められるんだ。とうさんはいわれたんだって。ここは岩からでも水を絞りとる場所だって。とうさんは今でもまっ暗な部屋じゃ眠れないから、うちは夜も一晩中電気がついているんだ」

おれはさっきまでいた六畳ひと間のアパートの裸電球を思いだした。あの部屋で家族五人明かりをつけたまま眠るのだろうか。サヤーはいった。

「ぼくはくやしいよ。とうさんは拷問の後遺症で、きちんとした仕事はできない。かあさんが働きにいってる池袋のタイレストランの稼ぎと、ぼくのアルバイトでなんとかたべていくのに精いっぱいだ。学校には半分しかいけないけど、ぼくは成績だってまあまあだし日本の高校にもいきたい。だけど、だめなんだ。妹たちもいるし、とうさんもいるし」

サヤーはじっと身体を硬くしているようだった。となりの高校生カップルはメールを終えて、学校をさぼり東京ディズニーランドに遊びにいく計画を話し始めた。中学の制服を着た少年はいった。

「夜寝ていて、とうさんの叫び声で目を覚ますことがある。ごめんなさい、ごめんなさい、そういって泣くんだ。とうさんの泣いているのを寝た振りしてきいているのは、すごくつらいよ。安全な日本にきても、とうさんは毎週黒いフードの夢を見るんだ。そういわれたら、ぼくだってあの仕事をやめるわけにはいかない。ぼくはいいんだ、家族で逃げた国境の村で、九歳からあんな仕事をやってる。もうぼくは汚れてるんだ」

サヤーは自分の手のひらを見つめていた。薄くてちいさな手だった。

「この手も、目も、口も、お腹のなかまで、ぼくは汚れてるんだ」

おれは息を殺して泣いているサヤーを見ることができなかった。だが、窓のむこうの春の夜には、西一番街にひざをつき両手で合掌するサヤーの姿が浮かんでいる。あの恥じらいをふくんだ笑顔。この子が汚れているなら、世界はどこもまっ黒だと思った。

「サヤー、おまえは汚れてなんかいない。誰もおまえを責めるやつなんていないさ。がんばって高校にいくんだ。そして、いつかきちんと仕事のできるところを見つけて、おやじさんを楽にさせてやれ。おれにはしてやれることはすくないけど、なにか困ったことがあったらうちの店に顔をだすんだぞ。いいか、絶対に自分をあきらめるな、自分を捨てるな。サヤー、おまえのことを大切に思う人がたくさんいるぞ」

おれは真剣だったが、その言葉に力がないことはわかっていた。この男の子は絶壁に指先だけでぶらさがっているようなものなのだ。気を抜けば地獄の底まで落ちるだろう。安全な場所にいるおれにはしてやれることはほんのわずかしかなかった。

その日の帰り道、おれはそのわずかなことをしてやるつもりだった。

喫茶店のまえで別れて、ぶらぶらと池袋にもどった。うちの店をとおりすぎて、ＪＲ池袋駅北口まで足をのばす。駅まえには何人かくたびれた看板もちが立っていた。おれは杖にでもすがるように看板にもたれ、通行人のいきかう歩道で流れに逆らう岩のように静止した男に声をかけた。ローンズ・ホープ。五十万円まで無担保無保証人で即決！　希望という名の街金融は、地元の人間なら誰でも知ってる年利二千パーセント以上の悪質業者だ。

「こんばんは、ガタさん」

干首のように黒くしぼんだ顔が濁った目におれを映した。

「よう、マコトか、今日はなんの用だ」

おれは汗とあかでてかてかに光ったダウンジャケットを着た男の名前は知らなかった。みんながガタさんと呼んでいるのを知ってるだけだ。やつは風俗や街金の看板もちをして、一日中池袋駅まえに立っている。パチンコ依存症で、この街の風俗のことならなんでも知っている情報屋だ。

「池袋のデリヘルについてききたいんだけど」

ガタさんは片手を開いて、おれのほうにさしだした。千円札を一枚のせてやる。

「今はデリヘルが風俗では一番ましなんじゃないか。どこも不景気だからな。あんたも去年の秋口にホテル街の立ちんぼがひとりもいなくなったのは知ってるだろう」

おれは黙ってうなずいた。情報屋はどこを見ているかわからない目で、まんべんなくあたりに注意を払っていた。

「あれはな、錦糸町でひと晩に二百人以上も不法在留の外国人が検挙されたからだ。おかげで東京の立ちんぼ三大マーケットから女たちの姿が消えちまった。池袋、大久保、錦糸町、今じゃどこもきれいなもんだ。ヘルスやイメクラみたいな店舗型の風俗で売りあげがあがったなんて話はきかないから、その分は派遣の店に流れたって話だ」

排気ガスですすけた街路樹みたいな男の顔をおれは見つめた。表情がまるでない。

「それじゃ、デリヘルってけっこうもうかってるんだ」

おれのあいまいな返事は、なんの変化も生まなかった。石にでも話しかけた気分だ。近くの会社のＯＬが汚いものでも避けるように、看板もちと話すおれから進路を変えていく。ガタさんは気にもとめずにいった。

「マコト、あんたデリヘルとホテトルの違いはわかってるのか」

おれはあてずっぽうでいった。

「本番があるのがホテトルで、ないのがデリヘルかな」

ガタさんは鼻で笑った。

「事務所にないしょで本番をするデリヘル嬢なんていくらでもいる。そこまでは管理できないからな。九九年の法改正は、派遣型風俗として認めてやるから、本番を前提にするような営業はやめろってことさ。あんただって書類に名前を書いて、住民票といっしょに近くの警察の生活安全課にだせば、明日から正規の無店舗ヘルスを始められる。届出制だから、誰でもできるんだ。書類の書き方がわからなければ、ていねいに教えてくれるぞ」

おれはデリヘルのオーナーになった自分を想像してみた。メルセデスで女を送迎する黒いシルクスーツを着たおれ。果物屋の店番よりずっとカッコいいかもしれない。サヤーは二度と合掌などしてくれないだろうが。

「池袋のデリヘルで、未成年の男の子を売りものにしてる店はないのか」

情報屋はじっとおれを見た。黙って手のひらをだす。そこから先は別料金か。おれが新しい千円札をのせると、やつは口を開いた。

「中高生や男の子をおいているとなると、まともな業者じゃないな。モグリだろう。届出をしてるかどうかも怪しいもんだ。広告をださずに、常連の口コミだけでやってるはずだ。おれがこの街で知ってるのは一軒だけだな」

そこで言葉を切って情報屋はじっとおれの表情をのぞきこんだ。おれはなるべく平静を装った。

「なんでも日本の高校生だけでなく、東南アジアのガキまでおいてるって話だ。店の名は『ワイルドナイト』。電話番号は……」

情報屋はその日初めて、黄ばんだ前歯を見せて笑った。また手のひらをだす。おれはしぶしぶいった。

「正規の業者でないから、広告はやってないってわけか」

千円札をもう一枚のせてやる。ガタさんは携帯電話の液晶画面に、ワイルドナイトの番号を呼びだした。自分の携帯にメモリーする。おれは別れぎわにいった。

「最後に質問をひとついいだろ」

看板もちは疲れた顔でうなずいた。

「そのデリヘルの料金ってわかるか」

「ああ、わかる。ホテトルなみに高いよ。七十分二万円、九十分で二万五千円だ」

悪くないアルバイトのようだった。

「女の子はそのうちどれくらいもらえる？」

「売りあげの六割」

おれはざっと計算した。一日にふたりの客がついたとして、サヤーの手には二万四千円が残るはずだ。週に三日として週給で七万になる。いくら家族五人の生活が厳しいとはいえ、あの格安アパートで暮らしていて、ひと皿五十円の傷んだバナナをただでもらうほど貧しいはずがなかった。

おれはガタさんに礼をいって、池袋駅北口で別れた。うちに帰る途中なんども計算をやり直したが、やはりどこかがおかしかった。サヤーが無料のフルーツを漁るには、なにか別な理由があるはずなのだ。


つぎの日、サヤーはうちの店に顔をださなかった。気にはなったが、おれはいつもどおり店番をしてすごした。天気のいい春の一日、朝から晩までベートーヴェンのヴァイオリン・ソナタを順番にかけて客の相手をするのは悪くない気分だ。

サヤーから電話があったのは、そろそろ寝ようかと思った真夜中すぎだった。おれが寝そべって携帯を取ると、女の子のように澄んだ声がきこえた。

「マコトさん、サヤーです」

「よう、今日はどうしてた」

サヤーは興奮しているようだった。おれの質問など無視して、早口でしゃべりだした。

「あれからいろいろ考えたんだけど、やっぱりぼくはマコトさんのいうとおり、高校にいってちゃんと勉強することにしたよ。明日、あの人に話してみるから。うまくいったら連絡するよ。じゃあ、明日は学校だから」

勝手にそれだけいうと、通話を切ってしまう。かけ直そうかと思ったが、やめておいた。話したいことは山のようにあったが、おれだって中学のころ午前中の授業は殺人的に眠たかったのだ。


眠りの浅い夜だった。曇りがちの空は明け方から煙るような春雨になり、いつ夜が明けたのかわからないうちに、市場にいく時間になった。おれはインスタントコーヒーと菓子パンひとつの朝食を済ませると、ダットサンのピックアップトラックで市場にでかけた。

うちにもどり、なんだかすっきり目覚めないうちに店開きした。春の最初の二、三週間は身体も頭も、毎年おれはそんな調子になる。いくら寝てもだるくて寝たりないし、もともと回転の遅い頭がさらにスローになるのだ。サヤーが通学カバンを右手にさげて、うちの店先に立ったのは、そんなぼんやりした雨の夕方だった。一本三百円の中国製ビニール傘をさし、雨粒のしたでこわばった顔につくり笑いを浮かべている。やつに気づいて、残りもののフルーツがはいったポリ袋をもっていくと、サヤーは片足をひきずりながらこちらに歩いてきた。

「どうしたんだ」

おれの質問にサヤーは黙って首を横に振る。視線で歩道の先に立つ黒い傘の男を示した。

男はサヤーと同じビルマ人のようだった。ピンストライプのスーツに白いシャツの胸をはだけている。やせた浅黒い首筋にはプラチナの認識票が二枚さがっていた。あれが「あの人」なのだろうか。サヤーはポリ袋を受け取るといった。

「もうここにはこられない。ガロンがだめだって。高校にいくのも、マコトさんと話すのもだめだって」

サヤーの顔はビニール傘についた水滴で水玉模様になっていた。目だけが赤く涙ぐんでいる。おれたちが話しているのが気にくわないのか、ピンストライプがじっとおれをにらんだまま歩いてきた。ファッションはまるで違うが、目はサヤーの父親に似て暗い穴のようだった。おれは早口でサヤーにいった。

「やつは誰だ」

サヤーはおびえた目で漏らした。

「ガロン・ラワディ。うちのデリヘルのドライバーなんだ」

ビルマ人の男が叫んだ。

「なに話してる」

そばで見るとラワディは背が高く、筋肉質のいい体格をしていた。おれとサヤーのあいだで昂然と胸をそらして立ち、おれをにらみつけている。この手の人間はどこの国にも、一定の割合で発生してしまうようだ。工場の不良品と同じなのだ。誰かの弱みにつけこんで生きる寄生虫のような人間。おれは店先のオレンジをひとつ手に取り、重さを確かめるようににぎりしめた。

「おれがサヤーとなにを話そうが勝手だろう。あんたはこの子の保護者じゃない」

ラワディは目を細めておれを見た。

「うちの商売ものに手をだすな、ヘンタイ野郎」

ヘンタイだけ妙な発音をした。おれはうちの果物屋のまえでそんなことをいわれてかなりショックだった。久々に自分のこぶしでなぐりたくなる男だ。ラワディはサヤーの肩を荒々しく抱くと、にやりと笑ってみせた。

「いいか、こいつはあんたと二度と話したくないといってる。それにこいつの携帯はおれがあずかってるから、電話もだめだ。おまえは人のビジネスに手をださずに、フルーツでも売ってろ。おれたちのことは、おまえみたいなスケベな日本人にはわからないんだ。ひっこんでいろ。いいな」

ラワディは内ポケットからサヤーの携帯電話をだし、フラップを開いてみせた。

「いくぞ、サヤー」

じっとおれをにらんでから、くるりと背をむけ雨の歩道を去っていった。ラワディとこちらを交互に見るサヤーのところまで歩き、オレンジをわたしてやった。

「事情がまるでわからないが、なんとかしてやる。あきらめるなよ、サヤー」

「なにをしてる、早くこい」

ラワディが鞭のような勢いで叫ぶと、困惑した表情のサヤーは雨のなかデリヘルの運転手に足をひきずりついていった。


その日の終電時刻がすぎたころ、サヤーの両親がうちの店にやってきた。おやじさんの肩をおふくろさんが支え店先に立っている。ティウンがあせった顔で声をかけてきた。

「マンコートさん、うちのサヤーが帰ってこないんだ。なにか知らないか」

おふくろもなにごとかと二階の窓から顔をだしていた。おれは霧雨の歩道にでて首を振った。

「わからない。だけど、今日の夕方サヤーが、その……」

デリヘルをなんといったらいいのかわからなかった。この両親は自分たちのために長男が身体を売っていることは知っているのだろうか。確かには知らなくても、うすうすかんづいてはいるだろうが、おれは言葉を濁した。

「……アルバイト先の人間とこの店にきた。そいつはサヤーと二度と口をきくなといってたよ。サヤーは普段こんなに遅いことはないのか」

ティウンは黒目がちな目を悲しそうに見開いていた。サヤーは母親似だ。

「心配しないでとひと言電話があっただけ。今まで一度もこんなに遅くなったことないよ」

あのアパートに帰っていないとすると、デリヘルの事務所にいるか、あの運転手といっしょにいるかだろう。濡れた灰のように体温の感じられないサヤーの父親を無視して、おれはティウンにいった。

「おふくろさんは、ガロン・ラワディという名の男は知らないか」

ティウンは頭を斜めにかしげるだけだったが、ウーの目のなかでなにかが動いた。サヤーのおやじさんは、雨のなか不自由な片足をずぶ濡れにして立っていた。あの部屋からここまで足をひきずりながら三十分以上かけて歩いてきたのだ。いくら心と身体を壊されていても、息子を心配する気もちはほんもののはずだった。

「ウーさん、ガロン・ラワディを知っているのか」

ウーは気弱そうにうつむくとなにも返事をせずに、ティウンのもつ傘からでて、雨の歩道をもどっていった。なにが起きているのかわからずにティウンはやせた背中を見送っている。おれに電話番号の書かれたチラシの端をわたすといった。

「サヤーのこと、なにかわかったら、電話してください。遅くてもいいから」

ティウンはビルマ語でなにか叫びながら、片足をひきずって雨の西一番街を遠ざかる夫のあとを追いかけていった。


その夜店を閉めてからタカシに電話した。春のやわらかな雨音が部屋のなかをすっぽりとくるむ静かな晩だった。取りつぎはおれの声をきくと、すぐに伝説のキングに代わった。おれはあきれていった。

「タカシ、おまえはひとりでいるってことはないのか」

自由なおれとは違い、王には孤独のたのしみは贅沢すぎるのだろうか。タカシの声は氷柱のように耳に刺さる。

「おまえはいつもひと言多いな、マコト。用件は」

もうすこしガキの王をからかいたかったが、おれはサヤーの話を始めた。コンパクトに要点だけをまとめる。毎日何十となく陳情を受けつけているタカシはのみこみが速かった。鼻で笑っていう。

「なんだ、簡単じゃないか。デリヘルの業者など裏の筋はない。その店は未成年を働かせてもいる。警察に通報をいれればそれでおしまいだ」

確かにタカシのいうとおりだった。それだけでワイルドナイトは潰れ、サヤーは自由になれるだろう。だが、おれはガロン・ラワディという男とサヤーの関係がまだわからなかった。それにラワディの名をきいたときのサヤーの父親の反応がひっかかっていたのだ。池袋のキングにいった。

「もうすこしそのデリヘルをあたってみたいんだ、おれにちょっと時間をくれないか」

「好きにしろ、今回はGボーイズのおおきな出番はなさそうだからな」

もう話すことなどなかったが、なぜかタカシにいっていた。

「今度の件が片づいたら映画でも観にいかないか」

「なんだ、急に」

タカシはすこし驚いたようだった。いつも部下にかこまれているというのも退屈だし、精神衛生上よくないだろうと思ったのだ。

「イエスマンとばかり遊んでると、ダメ社長になるぞ」

今度ははっきりとやつは笑い声をあげた。いい傾向だ。

「ああ、考えとく」

通話はそこで突然切れた。だが、電子機器にさえつかう人間の気分というのは影響するものだ。そのあときいた発信音はいつもよりやわらかだったのだから。

春の長雨はつぎの日も続いた。おれは店を開けると、おふくろと店番を代わり、ずしりと重いデイパックを肩にすぐ街に飛びだした。みずき通りのみずほ銀行ＡＴＭで、なけなしの口座から三万円の大金をおろした。銀行をでて北口のラブホテル街にむかいながら、携帯の番号を押す。

「ありがとうございます。ワイルドナイトです」

猫なで声の男がそういった。おれは雨の池袋を歩きながら、ためらう振りをした。

「そっちの店は初めてなんだけど、どういうシステムになってるのかな」

男は慣れた調子で時間と料金を告げた。お近くのホテルにはいってから、またお電話ください、お待ちしております。通話を切ろうとした男にいう。

「待ってくれ、そっちに東南アジアの男の子がいると、友人からきいた。なんでも十代なかばだって話だったけど」

含み笑いをしてデリヘルの男はいう。

「さあ、年齢はわかりませんが、若い外国人の男の子なら今日もいますよ」

「じゃあ、その子を押さえておいてくれ」

「お客さまのお名前は」

おれは知りあいの池袋署生活安全課の刑事の名前をいった。

「吉岡」

こんなことでばかり名前をだされるのだ。かわいそうな万年平刑事。

そのまま池袋二丁目にあるホテル街にむかった。なるべく休憩値段が安そうな、造りの古いラブホテルを選んで、ひとりでなかにはいった。ちいさな窓のむこう、腰からしたしか見えないフロント係りのおばちゃんは、なにもいわずにキーをわたしてくれた。

おれはロビーのわきにあるこれも古びたエレベーターで五階へあがった。薄暗い消毒薬のにおいのする廊下を、部屋番号が点滅するドアまで歩く。室内にはいると、すぐに携帯をかけた。ワイルドナイトの猫なで声がきこえるといった。

「さっきの吉岡だけど、ホテルにはいったよ。北口の『スーペリア』５０４号室だ」

長いあいだサービス業でもやっていたのだろうか。男の声は上等なカシミヤのマフラーみたいにしっとりしていた。

「こちらから確認の電話をおかけしますので、そのままお待ちください」

おれはデイパックをソファにおいて、ベッドに倒れこんだ。すぐに枕元のそなえつけの電話が鳴った。

「吉岡さまですか」

そうだというと、男は満足そうにいった。

「十分以内に、先ほどの外国人の少年をお届けします」

おれはありがとうといって電話を切り、デイパックのなかから小型の三脚とデジタルビデオカメラを取りだすと、ソファまえのテーブルでセッティングを始めた。

チャイムの音がしたのは、十二分後のことだった。おれがロックをはずしドアを押し開けると、暗い廊下にうつむいたサヤーが立っていた。白いシャツがすこしくたびれ、しわくちゃになっていた。おれのほうを見ずにサヤーがちいさな声でいった。

「あの、ぼくでいいですか」

「待ってたよ、サヤー。はいってくれ」

ビルマの少年は元々丸かった目を真円にして、新聞紙半分ほどの玄関にはいってきた。びっくりした声でいう。

「マコトさんも、そういう趣味があったんですか」

ばからしい。

「いいからそのソファに座れ」

そういって二万円をサヤーの手に押しこむ。

「金ないから七十分コースで頼む。昨日の夜、おふくろさんとおやじさんが、うちの店にきたんだ。おまえのことをすごく心配してたぞ」

サヤーは両親のことを話すと急に元気をなくしたようだった。制服のズボンのポケットからプリペイド携帯を抜き、デリヘルの事務所に電話をかけた。

「タミンです。今から七十分で仕事にはいります」

サヤーは源氏名をもつ中学生なのだった。

おれは部屋の明かりをすべて点灯させて、ビデオカメラの録画ボタンを押した。なぜラブホテルの部屋にはあれほどたくさんのライトがあるのだろうか、不思議だ。サヤーは座面に誰かがいたずら書きをしたソファに座り、正面のカメラに恥ずかしげな表情でむかっている。あらゆる方向から光りを浴びて、やつが身動きするたびに淡い影が四方で動いた。おれはいう。

「あとで適当に編集するから、いつもどおり話せばいいんだぞ。昨日の夜はどこにいたんだ」

サヤーはうつむいてしまった。

「ガロンの部屋」

おれはビデオカメラの横につきだした液晶モニタを見た。そこには実際のラブホテルの一室より鮮やかな映像がまばゆく映しだされていた。つらそうなサヤーの顔さえ南の国の航空会社がつくった観光フィルムのモデルのようだ。

「昨日の夜中にご両親がうちの店にきたとき、あのラワディって男の名前をだした。おまえのおやじさんはその名をきいて、黙って帰っていったんだ。どこか様子がおかしかったと思う。あの運転手とおやじさんにはなにか関係があるのか」

サヤーはカメラのレンズをじっと見つめた。

「ここのところはつかわないと約束してくれる?」

おれがうなずくとサヤーは低い声でいった。

「ガロン・ラワディととうさんは、ビルマで同じ刑務所にはいっていた。ガロンもとうさんもヤンゴン大学の民主活動家だったんだ」

それなら同じサイドで闘っていたはずだ。普通ならなんの問題もない。サヤーは続けた。

「ガロンは拷問にあっても口を割らなかったけど、うちのとうさんは違った。とうさんが刑務所にはいっていたころ、かあさんはぼくを妊娠中だった。刑務所のなかでは何人も同志が死んでいく。とうさんはかあさんのところに帰るために必死だったんだろうと思う」

隅々まで光りのあたったサヤーの顔が歪んだ。続きはおれにも想像がつく。サヤーは絞りだすようにいった。

「とうさんは勇気のない人間なんかじゃない。まだお腹のなかにいるぼくとかあさんのために、仲間の名前をいったんだ。ガロンはそれで何人も活動家が軍につかまり、拷問され死んでいったといっている」

おれは息をのんでサヤーの話をきいていた。平和な日本では想像もできない話だが、ビルマの軍事政権は現在も続いている。日本政府からは経済援助もたっぷりと流れているのだ。おれはいった。

「だけど、もう家族そろって安全な日本にいる。十五年もまえの刑務所の話がなぜ今もそれほど問題なんだ」

サヤーは首を横に振った。

「日本にきているビルマ人はほとんど民主化に賛同しているんだ。難民の協会だって力があるし、うちの家族はあそこから援助を受けている。とうさんが裏切り者だって知られたら、日本でうちの家族がいる場所はなくなっちゃうよ。仲間からつまはじきにされるし、今だしている難民申請だってとおらなくなるかもしれない」

サヤーはラブホテルのソファでちいさくなった。おれはなるべく静かな声でいった。

「ラワディの取り分は」

目を落としたままサヤーはいった。

「五十パーセント」

「ほんとか」

サヤーは黙ってうなずいた。店が四割を取り、残りの六割からラワディが五割を奪う。身体を売って家族の生活費を稼ぎ、父親の秘密を必死で守るサヤーの手元には一割のはした金が残るだけだった。

ティウンが暗くなってから働くタイレストランのウエイトレスでは、月に七、八万の収入で精いっぱいだろう。そこにサヤーが月五、六万の金をもっていく。家族五人ではぎりぎりだ。腐りかけのフルーツに合掌するはずだった。

「ほんとうなら、とうさんを日本の病院に連れていきたいけど、うちは健康保険にもはいってないからだめなんだ。去年の終わりにマが三日間も四十度以上の熱をだしたけど、かあさんがあちこちで頭をさげてお金を借りてくるまで、病院にはいけなかった。だからいったでしょう、この国だって天国じゃないんだって。ねえ、マコトさん、ぼくはどうしたらいいの」

サヤーは目をおおきく開き真っ赤にしていたけれど、じっとカメラを見つめて涙を落とさなかった。おれはいった。

「だめだ、サヤー。誰かにどうしたらいいかきいていたんじゃ、どこにいっても同じだぞ。自分がどうしたいのか、なにを望むのか、自分で決めるんだ。それができなきゃ、何千キロも海を越えて日本までできた価値がないじゃないか。おまえのとうさんが命がけでほしがった民主主義だぞ。こっちの世界は確かに天国じゃないし、くだらないところだが、それでも自分の人生は自分で選べるんだ。いいか、サヤー、おまえはどうしたい？　厳しくても自分で考えて、未来を決めろ」

サヤーは涙をこらえたまま、怒ったような顔でしばらく考えていた。おれはやつの顔を見つめてただじっと待った。もうなにもいうことはない。おれはサヤーが今の生活を続けるというなら、そこで手をひくつもりだった。そのときビルマからきた少年は、出会ってから初めての激しさをおれに見せた。目を光らせて叫ぶ。

「ぼくはもう身体を売りたくない。ガロンの部屋でなく、うちに帰りたい。学校にもいきたいし、高校にも進学したい。日本でがんばって働いて、いつかうちの家族みんなをしあわせにしてあげたい」

ひと息でいい切ると、サヤーは大声をあげて泣きだした。ラブホテルの分厚い壁と防火扉のせいで、その声は外の世界にはきっときこえなかったと思う。だが、サヤーの声はおれの胸に響いた。少年が十四年間の生涯で初めて、自分の人生を選んだ言葉なのだ。

「わかったよ。よく決めたな、サヤー。あとはおれがなんとかする」

できるかできないかではなかった。どうあってもなんとかするしかないのだ。おれはすべてをひとりで耐えてきたサヤーにそう約束したのだから。


そなえつけの冷蔵庫からスポーツドリンクを抜いて、サヤーのまえにおいてやった。おれは少年のやせた肩をそっとたたいた。

「ここからは証言になる。きちんとこたえてくれ」

サヤーはおびえた表情をした。

「身体を売ってるぼくは、犯罪者にはならないの」

おれはおおきくうなずいてやった。それはガタさんにもう千円払って調査済みだ。

「雇い主のほうは犯罪者だが、法的にはサヤーは被害者だ。警察で調書を取られるが、すぐに帰してくれる。まあ、おふくろさんには連絡がいくだろうがな。いいか、始めるぞ」

おれはサヤーのむかいのソファで姿勢を正した。

「きみの名前と年齢、それに住所は」

サヤーはひとつずつていねいにこたえた。その調子だとエールを送るつもりでうなずいてやる。

「きみが働いている無認可のデリバリーヘルス店の名前は。そこにはきみのような未成年の従業員がいるそうだけど、それはほんとうかな」

サヤーは涙で濡れた目でうなずき、ワイルドナイトの名前と事務所のあるマンションの住所を、はっきりとした声でいった。


ひととおりの証言をビデオに収録し終えると、サヤーがソファを立った。木製のパネルで閉ざされた窓にむかう。壁と同じピンクの格子の壁紙が貼られたパネルを開け、アルミサッシの窓を五センチほどひいた。窓のすきまから冷たい外気が流れこんでくる。サヤーがいった。

「マコトさん、ちょっときて」

おれは録画をとめて、窓辺に移動した。雨で灰色のホテル街と、黒々とした路上が見える。サヤーはホテルのまえに駐車しているパールホワイトのトヨタ・エスティマを指さした。

「あれがガロンの車なんだ」

おれはあわてて三脚からビデオカメラをはずし、エスティマを撮った。二十倍のデジタルズームはナンバープレートに飛んだ泥の飛沫さえ鮮やかに映しだした。おれは録画しながらサヤーにいった。

「車は事務所のものじゃないのか」

「うん。あれはガロンのもちものだよ。事務所からでるのはガソリン代こみで一日一万五千円の日当なんだ」

とするとガロン・ラワディはフリーの運転手ということになる。もぐりのデリヘルの経営者はともかく、ラワディの罪は軽そうだった。警察からすぐに池袋の街にもどってくるだろう。なんとかして、やつに深く釘をさす方法を考えなきゃならない。

二度とサヤーやサヤーのおやじさんにかかわる気をなくさせるほど、きついお仕置き。Gボーイズの手を借りればできないことはないが、暴力があまり好きじゃないおれに取れる方法はなんだろうか。霧雨に煙るホテル街を見おろして、おれはぼんやりと心を冷やしていた。

サヤーを先に部屋から帰して、おれは窓のすきまからエスティマを撮り続けた。小柄な少年が助手席にのりこみ、ガロンが車をだし曲がり角を消えていくまで録画する。おれは二時間の休息時間ぎりぎりにホテルをでて、携帯を抜いた。耳元で眠そうなラジオの声がした。

「なんだよ、こっちはまだ夜中だぞ」

おれは昼夜逆転生活を送る電波マニアの機嫌など気にせずに仕事の話をした。

「マコトだ。おまえに編集を頼みたいビデオがある。これからそっちにいっていいか」

「くるなといってもくるんだろ。じゃあ、うちのまえのコンビニで鶏の和風から揚げ弁当を買ってきてくれ。のみものは缶のジャスミン茶でよろしく」

江古田のラジオの部屋につくまで、三十分とはかからなかった。やつは起き抜けのジャージ姿のまま、おれがさしだしたコンビニのポリ袋と八ミリビデオテープを受け取った。電子機器で埋まった灰色のスチールラックのひとつにテープをいれる。

「あとが簡単だから、まずハードディスクに保存する」

そういってコンピュータのモニタに新しいウインドウを開いた。サヤーの口元が早送りで動いていた。ラジオは目の縁にかかるマッシュルームカットを揺らしていった。

「ラブホテルにアジア人のガキひとり。こいつはなんだ」

おれはサヤーの事情を、もう一度頭のなかを整理しながら話した。ひとつの事件の最中に何度かそうして事件を整理していると、だんだんと焦点が絞られていくのがわかる。ラジオはから揚げに大根おろしをたっぷりとつけて頬ばった。

「そうか、そのサヤーってガキを助けるわけか。今回は金ないんだな。じゃあ安くしといてやるよ。編集したテープの送り先は池袋署の生活安全課なんだろ」

そうだといっておれはうなずいた。

「じゃあ、マコトの声はまたはめこみでつくらなきゃいけないな。これでようやくあいつがつかえる」

以前覚醒剤の売人をはめたときには、おれの声は「うる星やつら」のラムちゃんに吹きかえられていた。今度はどうなるんだろうか。ラジオはさっさと弁当を片づけ、キーボードのまえに座った。

「何年かまえよりビデオの編集はぜんぜん簡単になってる。まえのテープをつくるときはひと仕事だったが、今なら一時間もあればすぐだ。ノンリニアでデジタル編集できるからな。いいか、マコト、つかうところだけ指示をだしてくれ」

おれはうなずいて、ラジオの肩越しに液晶画面に映るサヤーを見つめた。


ビデオ編集は確かにラジオのいうとおり簡単だった。編集点をぷつぷつとクリックして、あとはドラッグ&ドロップで積み木のようにつなげていくだけなのだ。正味四十分ほどのテープは手際よくまとめられて、流れのいい七分間のビデオクリップになった。誰が見ても未成年の従業員を雇う無届けデリヘルとその被害者という構図は明らかだった。

「さてつぎはマコトの声だな。まえにもいったが、ボイスチェンジャーやイコライザーで変えても元の声紋は簡単に復元できるんだ。新しくサンプリングしたデータがあって、まえからつかいたかったんだよね」

そういうとラジオは舌なめずりするようにキーボードをたたいた。液晶画面のしたに声の波形がぎざぎざにあらわれて、モニタわきのスピーカーから流れるおれの声と同調した。

「きみの名前と年齢、それに住所は」

ラジオは興奮して何度も前髪をかきあげた。

「こいつを別な音声のサンプリングデータに変換すると」

やつはマウスを動かし、左クリックでなにか選択した。今度はどこか間延びした女の子の声が流れだす。

「きみーのなまえーとねんれい、それにーじゅーしょはー」

ラジオは得意そうにいった。

「わかるか、マコト」

きいたことがあるような気がしたが、はっきりとはわからなかった。ラジオは残念そうにいった。

「これ、テレビの歌番組からサンプリングした松浦亜弥の声なんだけどな。だめか、わかんないかな」

趣味と仕事が密接に関連したラジオみたいなやつは、不景気の日本でもまったくしあわせなものである。

夕方になるまえに、密告ビデオは完成した。コピーを二本つくってもらい、おれはラジオの部屋をいったんでた。マンションまえのコンビニで白手袋と封筒と切手を買ってもどる。手袋をしたまま池袋署の住所を書き、ビデオテープと何枚かのプリントアウトをいれた。なかの一枚はホテル街にとまるラワディの白いエスティマだ。

高校時代に起こしたちょっとした傷害事件（誰かを軽くたたいて頰が赤くなれば医者は全治一週間と診断する）でおれの指紋は池袋署にまだ残されているはずだった。

すべての作業を終えると、おれはラジオに礼をいって、部屋をでようとした。やつはさらさらの前髪をかきあげていう。

「どうせ、またつぎの事件でテープをつくることになるんだろう。マコトの好きな声をサンプリングしといてやるよ。誰がいい」

濡れたスニーカーをはきながら考えた。ちょっとかん高いが、悪くないかもしれない。

「じゃあ、ヤンキースの松井で」

ラジオは真剣に悩んでいるようだった。

「野球選手はあんまりしゃべんないからな。こまめにスポーツニュースをハードディスクにためていくか」

おれはまだ考えているラジオをおいて、江古田の街におりていった。

西武池袋線の江古田駅にむかう途中で目についた郵便ポストに速達の封筒を落とした。これからはもう時間がない。数日中にでも生活安全課は動くことだろう。ガタさんによるとホテトルやデリヘルの潜入捜査は、労あって益なしだという。捜査は面倒だし、刑罰は軽い。だが、無届けで未成年を働かせているとなると事件性もニュースバリューもでかいし、肝心の捜査にもあのビデオという強力な援軍がある。

ワイルドナイトは近いうちに壊滅的な打撃を受けるはずだった。問題は元民主化の闘士にして、今は少年売春のピンハネ屋ガロン・ラワディをどうするかだ。

おれは江古田駅のホームで携帯を開いた。タカシの番号は見なくても押せる。取りつぎがキングに代わると、おれはいった。

「まだあのメルセデスのＲＶはあるかな」

タカシは不思議そうだった。

「あるが、それがどうした」

「タカシ、おまえに見てもらいたいビデオがある。あの車にはまだビデオデッキとモニタがのってるよな」

タカシはめずらしく含み笑いをしていった。

「おまえのまわりっていつもなにか起きてて、Ｇボーイズの集会なんかよりよほどたのしそうだな。おれもたまには果物屋の店番でもやってみるかな」

イケメンのタカシがうちの店に立ったところを想像した。やつのキスマークつきのオレンジならひとつ三千円で売れるかもしれない。池袋中の若い女たちが集まってくることだろう。今度はレンジローバーで市場に買いだしにいくシルクスーツを着たおれを考えた。目を覚ませ、マコト。

「考えておく」

それから、ウエストゲートパークの東武デパートロのまえで待ちあわせることにした。今度の事件はすべておれのもちだしだった。いつかおれの銀行口座が七桁にのる日はくるのだろうか。


霧雨の空はいつ日が暮れたかわからないうちに、暗くなっていた。まえの席にふたりのGボーイズの親衛隊が座り、後席におれと王様が並んだ。ダッシュボードのナビ画面とうしろの液晶モニタには、同じ密告テープが映されている。ビルマの少年が、デリヘルの運転手に軟禁され、売春を強要されていると話していた。続いてガロン・ラワディの住所を証言している。タカシは冷ややかな声でいった。

「おまえをその気にさせるには、ガキをとことん泣かせばいいんだな、マコト。あい変わらず甘いな」

おれはほめ言葉だと思って、タカシの声をきき流した。外はまだ雨が降り続き肌寒かったが、メルセデスの室内はエアコンで窓ガラスが曇るほど暑かった。タカシは和紙のようにおぼろげに肌を透かす白いシャツを、まえたてのボタンをひとつもとめずに着ていた。サヤーの化繊のシャツの百倍の値段はするのだろう。今年の春は白いシャツがはやりなのだ。おれはやつの視線をとらえていった。

「この運転手が、どう転ぶかまだおれにはわからないんだ。だが、どちらにしても死ぬほどびびらせて、二度とこの街でサヤーを脅そうなんて気にならないようにしたい」

タカシは唇の端を五ミリほどあげた。

「おれたちの出番だな」

「そういうことになる」

おれはビルマの刑務所のなかでおこなわれている拷問の話をした。バイクとモデルと鉄の道。素晴らしき人類の想像力。タカシはあきれていう。

「どこの国でも考えることは変わらないな。そうなるとちょっとやそっとの脅しでは、そいつにはきき目はないかもしれないな」

おれは窓の曇りを指先でぬぐった。雨のなか足早に帰っていくＯＬが見える。

「そうだな、それにあと二、三日しか時間はない。警察の先手を取って運転手をさらい、骨の芯までびびらせる。タカシには、それを頼みたい」

池袋のガキの王は、平然とモニタに映るサヤーを見つめていた。

「おれはかまわないが、暴力がきかないとなれば、やつを消す以外の方法がなにかあるのか。警察に密告された人間を消すなんて、いくらおまえの頼みでもあまり気がすすまないな。どうしてもということなら、考えなくはないが」

タカシは目をあげて、愉快そうににこりと笑った。おれはドイツ製のＲＶのなかでひとり着ぶくれて汗をかいていたが、そのときだけは背中が冷たくなったのを覚えている。

若き王にはピンハネ屋の命ひとつなど、取るに足りないのだろう。

そのままメルセデスでうちの店まで送ってもらった。おふくろはタカシのことはガキのころからよく知っているのでなにもいわないが、それでもRVからおりるおれを冷めた目で見ていた。なんの仕事をしているのかわからないガキが、外車にのるなんてあの世代の人間には許せないのだ。

その夜、店じまいをしているとおれの携帯が鳴った。サヤーのあわてた声がする。

「うちに着替えを取りにもどったところなんだ。外でガロンが待っている。ぼくはこのままガロンといっしょにいて、今の仕事をしていればいいんだよね」

「そうだ。近いうちになにかが起こるだろうが、サヤーは流れに身をまかせていればいい」

おれはサヤーが電話をかけている六畳ひと間のアパートを考えた。暗い部屋の隅を見つめていた父親、ウーの節穴のような目。あの目はガロン・ラワディもいっしょだった。ウーはいまだに電灯をつけたままでないと夜は眠れないという。ふたりは十五年まえ、かぞえ切れないほど黒いフードの夜をすごしたのだ。そのときおれのなかで悪魔のようなアイディアが浮かんだ。サヤーの言葉さえ一瞬耳にはいらなくなる。

「じゃあ、電話切るよ。そろそろいかないとやばいから」

「ちょっと待て、サヤー。ラワディもおやじさんのようにやっぱり電気をつけたまま寝てるのか」

サヤーの返事はすぐにもどってきた。

「どうしてわかるの、マコトさん。ガロンはマンション中の明かりを全部つけて寝てるよ。じゃあ、ぼくはいくから」

　ああとうつろにいって、おれは考えた。この日本でもう一度ガロン・ラワディが黒いフードの夜をすごしたら、やつはどうなるのだろうか。


　続く二日間おれは店番に専念した。長雨はやんで、穏やかな春の陽気がもどっている。おれがやったのは簡単な仕事がふたつだけだった。

　まず例の生活安全課の刑事・吉岡の携帯に電話をいれた。おれが名のると、やつはひどく不機嫌そうにいった。

「なんだ、久しぶりだな。まだチーマーのやつらとつるんでるのか、マコト」

　挨拶は抜きだった。もう時間がないのだ。

「そっちにビデオテープが届いたときいた」

　吉岡の声はそれだけで臨界点を越えてしまったようだった。

「なんでそんなこと知ってんだ」

「だから、街の噂だって」

　ぼりぼりとなにかをかく音がする。吉岡の薄い髪はまだ後退をやめていないのだろうか。警察官というのはストレスがたまる仕事だ。

「またガキのネットワークか。それでおまえ、どこまで知ってる」

「もぐりのデリヘルで、未成年の東南アジア人が働かされている」

吉岡の返事はうなり声だけだった。おれはいった。

「その少年とおれは友人なんだ」

かきむしる音がさらに激しくなった。残りすくない髪の毛が何本も犠牲になったに違いない。おれはいった。

「そうかりかりしないでくれ。これからおれのいう質問にイエスかノーかでこたえてくれればいいんだ。おれはその子を守る側なんだ。吉岡さん、頼む」

少年課の刑事は迷っているようだった。

「サンシャイン通り内戦の件もあったしなあ、わかった。いいから質問しろ、こたえられることならこたえてやる」

おれはいった。

「生活安全課ではもう内偵を始めていて、近くデリヘルに踏みこむつもりだ」

「イエス」

おれは店のカレンダーを見た。スイカのような胸をした女がなぜか四つんばいで見あげてくる写真だった。今日は木曜で、今週の残りはあと二日。

「それは今週中である」

「イエス」

生活安全課は金曜の夜と土曜日の午後なら、きっと客も従業員も多い土曜日を狙うだろう。チャンスは明日の夜しかなかった。おれは十年来の腐れ縁の刑事にいった。

「ありがとう、吉岡さん。今度うちの店に寄ってくれ。おみやげのマスクメロンを用意しとくから」

吉岡は鼻で笑っていった。

「おまえを贈賄の罪で逮捕する。うまくやるんだぞ、その子を守ってやれ」

もう一度ありがとうといって、電話を切った。頭が薄くて、背が低くて、フケ性の万年平刑事だって、いいやつはいいやつだった。

今度からデリヘルに電話するときは、別な警察官の名前にしよう。


おふくろと店番を代わっておれは歩いて池袋の東口にいった。キンカ堂は手芸の材料なんかが山のようにそろった専門店だ。まえをとおったことはあるが、おれはなかにはいったことはなかった。

レジにいた紺の制服の女にきいた。

「布を売ってるところって、どこかな」

身長はおれより二十センチは低そうだが、体重はあまり変わりそうもない店員がおれを布のロールが壁一面に積まれた生地のコーナーまで案内してくれた。面倒だったたし、感じのいい店員だったので、ついでに頼んでしまう。

「黒いベルベットの布を二メートル分」

おおきな裁ちばさみが音もなく布をふたつに分けた。春の夜のようになめらかな手ざわりのベルベットだった。おれは折りたたんだ暗闇をさげて、混雑したレジにむかった。


ミシンにさわったのは中学の家庭科の時間以来だった。店を閉めた夜中、おれが台所のテーブルで悪戦苦闘していると、風呂あがりのおふくろが顔をのぞかせた。

「なんだ、ブーツでもいれる袋をつくってるのかい」

おれが適当に縫いあわせている袋は確かにそんなおおきさだった。スニーカーをいれるにはちょっとおおきいが、ロングブーツにはちいさい。おれは突然速度を変えるミシンに手を焼きながらいった。

「そんなところかな。今夜中にこいつをつくらなきゃいけないんだ」

おふくろはじっとおれの目を見た。

「よくわかんないけど、この袋はあのビルマの男の子の役に立つのかい」

おれがうなずくとおふくろはおれの背中を押した。

「代わんなよ。マコトが風呂にはいってるあいだに仕あげといてやる。あたしはこう見えても女学校時代、手芸は上手だったんだ」


おふくろのいうとおりだった。三十分後、おれが風呂からあがると、見事な黒い袋ができていた。ピンハネ屋にかぶせるにはちょっと上等すぎるくらいの、ベルベットの四角い袋だ。口のところはパイプ状に縫ってあり、共布のベルトがとおしてある。

おれは濡れた髪のうえから黒いフードをかぶった。織目の密なコットンベルベットは光りをまったくとおさない。完全な暗闇がおれの頭を取りまいていた。袋をかぶったままおふくろにいった。

「こいつはいいや。助かったよ」

おふくろはミシンを片づけながら、ため息をついた。

「マコト、おまえ、ほんとうに頭がおかしくなったんじゃないだろうね」

こんな形の罰を思いつくなんて、おれはほんとうにおかしいのかもしれないと思った。単純な暴力と死ぬほどの精神的恐怖とは、どちらが悪いのだろうか。おれには簡単にこたえることができない質問だった。

金曜日の深夜、車二台に分乗して池袋二丁目のホテル街でおれたちは張りこんでいた。まえのクライスラーPTクルーザーに四人、おれとタカシがのるメルセデスのRVに四人。仕事を終えたラワディがもどってくるのを待っていたのである。

週末の夜でも夜中の一時半をすぎると人どおりはほとんどなかった。デリヘルは二十四時間営業だが、運転手は二交代制だといっていた。サヤーによればラワディは午前二時まえには、ホテル街のなかにある自宅マンションに帰ってくるはずだった。

ラワディのマンションは十二階建てのまあまあ高級そうな物件だった。常夜灯がまぶしいガラス張りのエントランスのわきには、無線でシャッターのあげさげができる地下駐車場が黒々と口を開けている。タカシの携帯が鳴った。ギャルソンの黒ずくめのスーツを着たキングが電話を取った。ひと言返事をして、通話を切るとタカシはいった。

「ラワディのエスティマが事務所をでた。二、三分でくるぞ」

おれはみんなにいった。

「打ちあわせどおりに頼む。特にタカシ、おれの書いた台詞をしくじるなよな」

池袋のキングはにやりと笑い、カンニングペーパーをおれに振って見せた。

「マコト、ここぞというところで、おれがしくじったことがあるか」

なかった。くやしいから、おれは返事はしなかった。

「きたぞ」

運転席のＧボーイが低く叫んだ。それからのアクションは、すべてでほんの九十秒ほどの出来事だった。おれがそのあいだしていたのは、メルセデスのレザーシートに座り、すべてがうまくいくようにと祈ることだけだった。


ラワディの白いエスティマがスピードを落としながら駐車場のゲートに近づいてきたとき、まえのＰＴクルーザーが駐車場の入口を長い鼻先でふさいだ。ラワディは短くホーンを鳴らすと、ウインドウをさげて運転席から顔をだした。

「おい、じゃまなんだよ。道をあけろ」

ラワディがいらついて叫んでいるあいだに、歩道の植えこみの陰に隠れていたGボーイが、エスティマの後方から中腰で運転席に近づいていった。おれは目だし帽をかぶったやつの手のなかにある電気ひげそりくらいの得物を見た。電圧をちょっと高くした改造スタンガンだ。Gボーイは窓から首をのぞかせたラワディの右の肩口にスタンガンの先を押しつけた。電撃は見えなかった。音もきこえない。

だが、運転手はシートベルトをまきつけたまま、つりあげられた魚のようにびくびくと身体を痙攣させた。ラワディはなにかを叫ぼうとして口を開いたようだが、声はまったくでなかった。もうひとりのギャングがロックをはずしてドアを開くと、上半身はだらりとシートベルトにぶらさがる格好になる。そこにさらにふたりのガキが殺到した。ラワディの意識は完全に失われてはいないようだった。麻痺した身体で横たえられた地面から、目だけ見開いて襲撃者を見あげている。

Gボーイのひとりがラワディの足首をプラスチックのコードで縛り、ぱちりと音を立ててとめた。ひざとうしろ手に組まれた両手首も同じように固定する。さすがに手馴れたもので、やつらの連携は鮮やかだ。最後によだれを垂らしたラワディの口にSMプレイなんかでつかうボールギャグを押しこみ、後頭部で革ベルトを締めた。

身動きの取れなくなったラワディのところに目だし帽をかぶったタカシが近づいていった。手には光りを吸いこむような黒いベルベットのフードをさげている。それに気づいたラワディが動けない身体で、アスファルトを這《は》って逃げようとした。おれはあんなに必死になった人間の姿を見たのは久しぶりだった。焼けた鉄板のうえの芋虫のようだ。

タカシはやつの頭に黒いフードをかぶせ、首のところについたひもを軽くひいて蝶結びにした。キングはおれの書いた台詞を、感情のまるで感じられない声で読んだ。演技などしなくとも、やつの氷のような冷たさはほんものだった。

「おまえがおれたちのシマで、ガキをつかって荒稼ぎしてるのはわかってる」

黒いフードをかぶせられたラワディは、過呼吸状態に陥っていた。はだけたスーツの胸は水をかけたように汗に濡れ、とんでもない速さで上下している。

「いいか、今夜はおまえに警告をしにきただけだ。だが、おまえがこれからもガキをつかってうちのシマを荒らすようなら……」

そこでタカシは言葉を切ると、おれのほうを見て手を振った。

「……死ぬよりつらい目にあうことになる。いいか、今夜は朝までそいつをかぶってゆっくりと考えるといい」

タカシがうなずくと、エスティマのリアゲートを開けて、Gボーイズがラワディを荷台に放りこんだ。タカシは助手席で震えあがっているサヤーを連れて、メルセデスにもどってくる。エスティマはすぐにGボーイズが運転して現場から離れていった。おれはウインドウをおろして、少年に声をかけた。

「だいじょうぶだったか、サヤー」

サヤーはおれの顔を見て初めて安心したようだ。心配そうにいった。

「ガロンは殺されちゃうの」

おれが返事をするまえにタカシが目だし帽を脱ぎながらいった。

「おれの演技はそんなに怖かったか」

サヤーはあわててうなずいた。あたりまえだ。さっきのアクションは普段Gボーイズがやっているようなことばかりなのだ。今回のだしものはノンフィクションである。おれは首を横に振った。

「やつを殺すつもりはない。タカシ、おまえのは地でやってるだけだ、どこが演技なんだ。さあ、ふたりとも早くのれ。こんなところ、さっさとずらかろうぜ」

すでに駐車場をふさいでいたPTクルーザーは発車して、ホテル街の角を曲がるところだった。タカシとサヤーがのりこんだメルセデスのRVは、サヤーのアパートがある下板橋駅にむかって、ゆっくりと深夜の街を流していった。


ワイルドナイトに池袋署生活安全課の手いれがはいったのは、同日午後五時のことだった。客を装った刑事が数人、未成年の従業員をホテルに呼びだし容疑を固めると、ほぼ同時に池袋二丁目のマンションにある事務所に十数人の本隊が踏みこんだ。

ここでオーナーの鳥居隆介四十二歳と雇われドライバーのひとりが現行犯逮捕された。事務所に残っていた従業員五名（うち二名が未成年）もそのまま取り調べのため、池袋署に連行されている。その日非番だったもうひとりの運転手ガロン・ラワディとサヤーは後日取り調べをうけることになった。

ガロン・ラワディは土曜日の深夜、池袋署の劇場通りをはさんだむかい側にのり捨てられたトヨタ・エスティマのなかから発見された。通報により駆けつけた警察官は、大小便を垂れ流し、自らの吐しゃ物でいっぱいになったフードをかぶり意識を失っていたラワディを保護し、救急病院に収容した。脱水状態がひどかったが、ラワディの命に別状はなく、肩口に軽い火傷の跡が残っているだけだったという。

身体の傷ではなく、やつの心に残った傷の深さをおれは少々心配したが、それこそ「スケベな日本人」の余計なお世話かもしれない。

ラワディにフードをかぶせた夜、おれたちは木造アパートのまえでサヤーと別れた。サヤーには、ラワディ襲撃の現場から恐ろしくなって逃げだしたと警察ではいうようにいいきかせた。サヤーは誰とも会っていないし、誰も見ていない。見たのは黒い目だし帽をかぶった数人のヤクザだけだ。

サヤーを落とした帰り道、うちにむかう途中でタカシは窓の外を見ながらおれにいった。

「あの内戦のときも今回もそうだが、おまえは正しいと自分が信じることのためなら、どんなやばい手でも平気で打ってくるな。危ないやつだ。おまえとおれは、案外似たもの同士なのかもしれないな」

池袋の氷の王様とこのおれが同じ人種とは思えなかったが、おれはあいまいにうなずいておいた。タカシは続ける。

「あの黒いフードだが、身体を拷問で痛めつけるより、おれには残酷に思えた。軍事政権の手口を利用するなんて、おまえの悪知恵にはあきれたよ」

そうなのかもしれない。あのフードはおれだって決して後味がよかったわけではない。おれにはなにも返す言葉がなかった。タカシはおれを横目で見ていう。

「だが、この街にはたまにはそんな悪が必要なんだろうな。あのガキには新しい働き口がいるんだろう」

おれがうなずくとタカシはいった。

「なにか適当に考えておいてやる」

この王様のために命を張るストリートギャングが池袋には何十人もいる。その理由がすこしだけわかった気がした。


タカシはサヤーとサヤーの父親のために練馬にある衣料品倉庫の仕事を見つけてくれた。広い倉庫に積まれた服を小売店の注文に応じてピックアップして箱詰めする作業で、肉体的にはそれほどしんどくないのだという。

サヤーは放課後、ウーは毎日午後の数時間を倉庫で働き、なんとかデリヘルで稼いでいた額の穴埋めをすることができるようになった。だが、それでも一家が健康保険に加入したり、もっと広い部屋に越すのはとても無理な相談だった。日本は難民にとって天国などではないのである。だから土曜日など、サヤーはいまだに傷んだ果物を受け取りに、うちの店にやってくるのだ。

その日はぽかぽかと五月を思わせる陽気だった。サヤーはすっかりうちのおふくろと仲よくなり、店の奥のテレビでプロ野球のオープン戦最終戦を観ていた。おれは店先にしゃがんで、黄色いホームランメロンでカットフルーツづくり。茶色に腐った部分を包丁で切り落としていると、頭のうえから声がした。

「よう、マコト、メロンもらいにきたぞ」

池袋署の吉岡だった。

「おまえたち、今回はうまくやったな。あのラワディって男は、オーバーステイが発覚して、今じゃあ池袋署から出入国管理局に身柄が移されたってよ」

そういうと吉岡は店の奥にむかって手を振った。サヤーは生活安全課と少年課の両部署で調書を取られた。担当は吉岡で、ふたりはすでに顔見知りだった。吉岡はサヤーにむかって声をあげた。

「元気にやってるか。マコトみたいな貧乏でだらしない大人になるなよ」

おれは皮をむいたメロン四分の一個に割り箸をとおし、吉岡にわたしてやった。

「よくいうぜ。自分だってもう十年も同じコート着てるくせに」

吉岡のキャメルのステンカラーコートを、中学生だったおれは見た記憶があるのだ。あのころはこの刑事の髪だって、今ほど薄くはなかった。おれもサヤーのように純真だったのだ。十年後のおれとサヤーのことを考えた。だが、どれほど想像力を駆使したところで十年後の未来など予想できるはずがない。だからおれたちは平気な振りで今日を生きていられるのだ。おれは店の奥に叫んだ。

「サヤー、おまえもこいよ。メロンくおうぜ」

それでおれたち貧しい三人は、身体を芯からあたためる春の日ざしのなか、西一番街の歩道に並んで黙々とメロンをくった。自分の好きな街を眺めながら立ちぐいするメロンの味は格別だ。

吉岡は割り箸を捨てると歩道を池袋署にもどっていった。まだ書類仕事が残っているのだという。貧乏なうえに多忙な刑事。サヤーはフケの積もった吉岡の丸い背中にむかって合掌した。春風はやわらかに吹いて、吉岡のコートの裾を揺らした。

そのときおれがどうしていたかって？　ここだけの秘密だが、おれもサヤーといっしょにやつの背中に両手をあわせていたのだ。だって尊敬できる人間かどうかは、そいつがもってる金や髪の量にはなんの関係もないからな。

電子の星

おれたちの心の半分は、もう電子の世界を生きている。

電子は光速にほぼ等しい速度で大陸を結び、あらゆる情報はすべての場所に同時に存在して、好意のネットワークにより交換され、無料の民主的なオープンシステムをつくりだしている。そこでは三十年まえに放送されたオーケストラの公演（感動ものの５９０メガバイト）も、電子テキスト化された世界の名作（内容はよくてもビットでは軽い、だいたい１〜２メガバイト）も、去年秋にデビューしたアイドルの初コマーシャル（薄っぺらな５メガバイト）も、どこかの局の女子アナのパンチラ映像（暗くてよく見えない２・５メガバイト）だって、きちんとファイルされ保存されているのだ。

そこではどんな情報だってクリックひとつでダウンロードできる。台湾やマレーシア製のバカみたいに安価なパソコンは、世界中の映像・文字・音楽情報が収蔵された電子世界への窓口だ。おれたちは人類史上初、アレキサンドリアの巨大図書館を、ひとりひとつずつもつようになった最初の世代なのだ。あの大王だってきっとうらやましがることだろう。なんといっても貧乏なおれたちでさえアイスクリームはくい放題だし、図書館だってちゃんともっているのだ。

もちろん電子のネットワークは、悪い趣味に対しても完全に民主的だから、縊死、溺死、焼死、墜落死などあらゆる自殺体や、略奪、強姦、自殺テロなど犯行現場の高解像度イメージも同じようにファイルしている。むこうの世界もおれたちのリアルな世界と同じように多彩なのだ。悪いものを探すやつは悪いものを見つけ、善いものを探せばいつか善いものを手にする。そいつはリアルワールドも、ビットワールドも変わらない。おれの考えは甘いかもしれないが、世のなかなんて実際そんなもんじゃないか。おれは最近ちょっと気のきいたネットワーク小説を読んだのだが、そこにはこんなスローガンが書いてあった。

「よい人生とは、よい検索だ」

そのとおり。どんなこたえを得るにしても、探し続けることが大切なのだ。この夏、池袋でおれが探していたのは、ひとりの勇気ある男だった。そいつは自ら望んで地獄に堕ちて、そこで未来につながるなにかをつかもうとした。それに成功したのかどうかは、まだおれにもわからない。希望はつぎのランナーに手わたされているからだ。そいつは東北の日本海側、山形のどこかで今も走り続けていることだろう。

バトンをひきついだセカンドランナーは正真正銘の負け犬で、ハンドルネームはそのまま「ダウンルーザー」と名のっていた。これからおれが話すのは、グロテスクで目をそむけたくなるような映像がたっぷりでてくる初夏のネタで、ダメ男がちゃんとした負け犬になるまでのまっとうな成長物語だ。

なっ、あんただってこの世界に暮らしていればわかるだろう。おれたちの半リアルで半電子的な世界では、ヴァーチャルではなくほんものの負け犬になることだって、けっこうたいへんな大仕事だってこと。

たまにはおれもウエストゲートパークの月にむかって吠えてみようかな。そうしたら、おれだって抜群にいけてる負け犬の一匹になれるかもしれない。


夏の池袋に変化はなかった。例年と違うのは、ただ毎日涼しいだけ。女たちのあいだの美白ブームはあいかわらずで、タトゥーもまだはやっていた。街を歩く堅気の女の肩や足首に機械彫りの単純な模様が刻まれている。紺色が多いのは、きっとジーンズによくあう爽やかな夏のカラーだからだろう。去年と同じように黒人の呼びこみは街に立っているし、ガキどもは携帯電話の首輪をつけられてサンシャイン通りを散歩している。

おれは思うのだけど、今はすべてをさらっていく台風みたいな流行は生まれにくい時代なのだ。あちこちの店やグループのあいだで蚊取り線香の渦巻きくらいの流行が生まれ、炎をあげることもなく消えてしまう。広告関係者なんかには頭の痛い時代だろう。一番だましやすい若いやつらさえ、湿り切って火がつかないのだから。

東京はなぜか狂い咲きのマンハッタン化を起こして、あちこちで同じような顔つきの超高層ビルをはやしているが、あれは都会というものを知らない田舎の人間むけの見世物だった。おれのホームタウン・池袋にも二、三本高層マンションが建ったけれど、この街の人間の暮らしにはなんの変化もなかった。うちの店がある西一番街は、もともと日あたりはよくなかったし、ネオンが光る夜になれば街に高層も中層も低層もない。誰もが暗いほうへ狭いほうへと潜りこんでいくばかりなのだ。

　無理やり池袋の変化を探すとしたら、ロマンス通りの先にあるロサ会館の二階がまるまるTSUTAYAになったことだろう。おれんちからも近いから、でかいレンタルビデオ屋ができたのは大歓迎だった。見たことのないDVDが影のない明るい店内をぎっしりと埋めつくしている。やっぱり映画はいいよな。一本観ればおれたちの退屈な人生から、きっちり二時間削りとってくれる。

　退屈していられるうちは、いくらでも退屈すればいいとおれは思う。どうせ一度トラブルが起これば、おれたちはみな嫌でも巻きこまれてしまうのだ。レンタルしたDVDを返しにいくひまもないくらいだ。

　この夏ロサ会館まえやウエストゲートパークでたまっているガキどものあいだで噂になっていたのは、記録的な時給のアルバイトの話だった。なんでも十五分で三百万、一時間なら千二百万になるという。例によってホラ話が大好きな仕事にあぶれたガキの噂だ。まゆつばもいいとこ。初めてそいつをきいたとき、おれはTSUTAYAの青いバッグの中身を確かめる振りをしながら、ロサ会館一階のゲームセンターできき耳を立てていた。どこかのガキがいう。

「だからさ、とんでもなくやばいネタなんだって。バックにはもちろん20がついてるし」

20は暴力団関係の方々で、8と9と3の合計。やつはそこでもったいぶって声をひそめた。ゲーセンの騒音のなかでさえきこえるくらいだから、きっとやつの音声回路は壊れているのだろう。

「客の見てるまえで獲物をぶった切ったりするらしい。殺しちゃったり、殺す寸前までいくんだって。そいつを撮ったDVDは一枚七万とか八万とかで売ってるんだってさ」

やつはだぶだぶのTシャツを波打たせ、全身で恐怖を表現した。子どもむけのドラマみたいな芝居。連れのまぬけが声を張る。

「それ、やばいっしょー」

やれやれ。おれはディスクをバッグに戻して、ロマンス通りを歩きだした。ばからしい。時間の無駄だった。怪談といっしょで毎年夏になるとでてくるスナッフビデオの噂だ。そんなものがこの日本ででまわるはずがない。誰かの殺人場面を収めた映像など、実際に売られていたら警察が黙っているはずがないのだ。

この不景気のニッポンでは、こいつらにとうぶんつぎの仕事の口はないだろう。若い男の失業率は十三パーセント近くを記録している。このおつむではいくら首都東京でもチャンスはない。だってちょいと計算してみればいい。そんな映像を七万もだして買うやつが何人いるというのだ。百人に売って七百万。バイト代をさし引き、撮影費をさし引き、小売のもうけをさし引いて、いったいいくら手元に残るだろうか。

そんな半端なもうけ仕事で十年もくらいこむような危険を冒すやつは、すくなくとも計算高い20にはどこにもいないだろう。売れれば売れるだけ、ばれる可能性も高くなっていく。とうてい割りにあわない仕事だった。

おれはため息をつきながら、ロマンス通りを西一番街に戻った。バッグのなかには中国と韓国の映画が三枚。おれ的にはこの夏は遅れてきたアジア映画ブームなのだ。

終電と同時に店を閉めて、おれは自分の四畳半にこもった。三千円のマスクメロン、二千円のスイカ、千円のマスカット。池袋の愛すべき酔っ払いのおかげで、高いものから順に売れていく。おれんちは一階が果物屋で二階が住居。究極の職住近接で、おれはいつだってJR池袋駅まえのノイズのなかで暮らしてる。

映画を観るまえに、いつもの習慣でマックの電源をいれた。無意識のうちにマウスを電子メールのアイコンに移動させクリックする。去年からADSLにつないだおれのパソコンは瞬時にメールをダウンロードしてきた。コンピュータみたいなただの道具に待たされるのはたまらないから、ブロードバンドは大正解である。

メールは一通だけで、送り主はおれの知らないやつだった。DOWNLOSER。読もうか削除しようか迷ったが、おかしな添付ファイルもついていないので、開いてみることにした。

＞池袋のいけてるトラブルシューター
＞マジマ・マコトさま
＞
＞おれの親友が、ブクロのジャングルで消えた。
＞やつを探すのを手伝ってくれ。

＞金はそこそこ用意してある。
＞あんたはちょっとは名の売れた
＞豊島区専門のなんでも屋なんだろ。
＞おれを、助けろよ。
＞助けないなら、真島フルーツ、ネットで晒すぞ。
＞
＞ＤＯＷＮＬＯＳＥＲ

これがまだ見たこともない相手から送られた初メールだった。この手のまぬけはどこのホームページにもごっそりと生息している。ネットがあまりにダイレクトだから、相手との距離を測れなくなってしまった電子的な距離感喪失症だ。まともな人間関係というのが結べなくなったガキなのだ。
　おれは痛々しいメールを即ごみ箱に放りこみ、文革時代の中国の農村を舞台にした映画をＤＶＤプレーヤーにのせた。

　だが、一度でこりないのが、この手のやつの困ったところだった。つぎの日の朝には、今度は二通メールが届いていた。爽やかな夏の朝に読むには最高に気分のいいメッセージだ。

＞おい、マコト
＞
＞人がていねいにメール送ってんだから、
＞返事くらいすぐによこせよ、ゴルア。
＞金になる仕事だっていってんだろうが。
＞おまえ、追いこみかけっぞ。
＞おれのダチの命がかかってんだ。
＞即時、返答希望。
＞
＞ＤＯＷＮＬＯＳＥＲ

一本目は、前回よりさらに調子にのった尊大な調子だった。おれは読み終えるとほぼ同時にメールを削除した。なんだかおれのマックのハードディスクが汚れるような気がしたのだ。二本目は読まずに捨てようかと思ったが、ダチの命というひと言が気にかかって、ひとまず開封だけすることにした。

＞マジマ・マコトさま
＞
＞これまでのメールは、お気に召さなかったでしょうか。

＞東京の副都心の池袋では、ギャング団の人たちが
＞どんなふうに話しているのかわからず、あんな感じで書きました。
＞ですが、ぼくの友人が家族に大金を送って以降、
＞失踪しているのは事実です。
＞ぼくは東京に知りあいはなく、頼りにできる人もいません。
＞真島さんのことは、ネットの噂で知りました。
＞今朝一番の新幹線にのって、二時ころには池袋に
＞到着すると思います。話だけでもきいてやってください。
＞何卒、よろしくお願い申し上げます。
＞
＞ＤＯＷＮＬＯＳＥＲこと園部照信

おれはネットでこれまでのトラブル自慢などしたことはなかった。もちろん、営業もかけてはいない。おれの仕事はいつだってボランティアみたいなもので、ぜんぜん金にはならなかったのだ。それなのにはるばる新幹線にのって、おれに相談をもちこもうとしているバカがいる。

しかも、おれさま気取りの二本目と三本目のやけに低姿勢なメールのあいだには、わずか七分の間隔しかなかった。どういう神経してるんだ、こいつ。この夏最初の仕事が、情緒不安定なネット小僧からの依頼だと考えると、なんだか胸がむかついてきた。

果物屋は臨時休業にして、どこかにバックれちゃおうかな。

夏休みの提案をしてはみたが、おふくろの意志はまるで揺らがなかった。店というのは売れても売れなくても、とにかく開け続けなきゃいけない。そいつがおふくろの口癖なのだ。商売は決して飽きてはいけないものだという。おれはコラム書きのアルバイトを思いだし、しかたなく店を開けた。ネタがあってもなくても、締切は守らなきゃならない。果物屋だって開けておかなきゃならない。店ももの書きも、信用が一番なのだ。

そこでおれはスイカにはたきをかけ、店先の果物がゆっくりと熟れていくのをぼんやり眺めることになった。いつもの平日と変わらない退屈な時間が流れていく。

で、やつがメールどおりうちにきたかって？

やつは予告どおり、ぴったり二時にうちの店先に立った。そういう意味では口先だけのネット人間ではなかったことになる。夏の熱気で揺らめくかげろうのなか、やつは幽霊みたいに存在感がなかったけれど。

「あの、すみません」

小柄な男が声をかけてくる。年はおれよりすこし若いくらいだろうか。いらっしゃいと店の奥から顔をだした。おどおどと落ち着かない視線でおれを見ると、やつは右手にさげた白いポリ袋をかかげてみせる。

「真島誠さんですか」

淡いブルーのＴシャツにはセントリスやクアドラなんかの古いマッキントッシュコンピュータのイラストが描かれていた。したはなんだか妙にサイズのあっていないノンウォッシュの濃紺ジーンズ。おしゃれだかどうだかわからない微妙なはずしぐあいのファッションだった。おれはうなずいて、やつの左手を見た。ハンドキャリーつきの中型トランク。新品のようだ。

「マコトだ。新幹線できたってのは、ほんとうみたいだな」

やつは店のなかを見て、伸ばした右手をとめた。視線を落としていう。

「山形でさくらんぼをおみやげに買ってきたけど、なんか別のものにすればよかった」

おれはやつがだしたポリ袋を受けとり、なかをのぞいた。透明なパックのなかには雑に詰められたふぞろいの実。おれもやつの視線を追って、うちの店先を見た。一ミリの狂いもなく粒をそろえたぴかぴかのさくらんぼうの箱詰めは、まるで宝石箱みたいだ。高いのは五千円もする。やつは池袋西口のビルをまぶしそうに見あげていった。

「やっぱりいいものはみんな、東京に集まるんだね。田舎はぜんぜんだめだ。ぼくもおんなじだけど」

やつの丸く落ちた肩からは圧倒的なマイナスのオーラがにじみでていた。負け犬。これ以上わかりやすいハンドルネームの由来はない。

「おふくろ、店番代わってくれ」

おれは二階に声をかけると、ポリ袋をさげたまま店先にでた。

「いこうぜ。きかせたい話があるんだろ」

やつは力のない目をおれにむけ、驚いた顔をした。

「マコトさん、やってくれるんですか」

なんだかいっしょにいるだけで、おれも暗いオーラに感染しそうだった。気はまったくすすまない。だが、おれはいつのまにか返事をしていた。

「とりあえず話だけな」

お人よしマコト。ごろごろとトランクを転がすガキと西一番街を歩く。おれとしてはうんざりするような展開だったが、いつもの西口公園にむかって移動した。


円形広場につくとやつはベンチのとなりにトランクを大切そうにのせて、周囲をきょろきょろ見まわした。青ガラスの城の東武デパート、同心円を描く噴水、ピラミッドの斜面のようなガラス屋根をした東京芸術劇場。石畳の広場の隅ではホームレスとサラリーマンが真剣な顔つきで賭け将棋に興じている。

「ここがマコトさんの事務所で、ウエストゲートパークっていうんですよね。ネットの話どおりだなあ」

テルはジーンズの尻ポケットから携帯電話を取りだして、携帯のＣＣＤであたりを撮り始めた。おれはあきれて山形を今朝たったというおのぼりさんを見ていた。

「なあ、話ってなんなんだ。おまえの東京観光につきあうつもりはないぞ」

やつは最後におれにむけて携帯のシャッターを切った。にこにこと笑っていう。

「マコトさんの画像、ぼくのホームページにアップしていいですか」

距離感のないガキ。

「嫌だ」

あっさり断ると、傷ついた表情になる。

「さっさと話せよ。こっちは時間がないんだ」

テルはベンチに戻ると、自分の足元を見つめていた。くるぶしのところがすり切れた黒いコンバースのバスケットシューズ。ものすごくはきこんでいる。

「ごめんなさい。なんだかぼくはいつも人をいらいらさせるみたいなんです。至らないところはありますが、よろしくお願いします」

はしゃいでいるかと思うと、急に改まる。ペースのつかみにくいガキだった。テルはトランクからノートブックパソコンをだして、ひざのうえで開いた。画像ファイルを呼びだし、クリックする。画面にはどこかの安居酒屋で、チューハイで乾杯するテルともうひとりの男がいっぱいに映しだされた。行方不明の友人の顔を見せるために、こんな面倒なことをする。最近のやつは写真がプリントできるものだと、知らないのだろうか。

「こいつ浅沼紀一郎っていうんだけど、幼なじみです。去年の春に地元の山形の高校を卒業して、池袋の映像関係の専門学校にはいった。ぼくなんかはほかの大勢といっしょで高校でてから、なんの仕事もできない引きこもりみたいなもんだけど、キイチはうちのクラスでは数すくない勝ち組だった」

おれはまぶしい液晶ディスプレイの男を見た。太い眉にがっしりとしたあごと首筋。日に焼けた純朴そうな顔つきだったが、それほど優秀そうには思えなかった。

「メールでもそうだったけど、おまえって勝ちとか負けとか好きだな」

テルはウエストゲートパークのベンチのうえで、ブラックホールにでも吸いこまれたみたいにどんどんちいさくなっていった。消失寸前のガキはおれから目をそらしていった。

「マコトさんは東京の人だから。最初から半分勝ってると、勝ち負けなんかにはこだわらなくなるんだよ。ぼくの地元は今、ひどい状態だから」

おれには東京も池袋周辺のごく一部しかわからなかった。黙っているとテルは静かな声で続けた。

「ぼくの高校は普通科でも最低ランクの学校だったけど、うちのクラス三十六人中就職できたのはふたりだけだった。どっちも強い縁故があってなんとか正社員になれたんだ。バブルが崩壊して十年以上たって、もう山形の経済なんて完全に沈没してるんだ」

おれはやつといっしょにすり切れたバッシュを見ながらいった。

「アルバイトとかもないのか」

テルはひとりで笑っていた。

「ちょっとならあるよ。でも時給が冗談みたいに低い。三百八十円とかさ。役所がつくった最低賃金なんて、紙のうえだけだから。フルタイムで八時間働いて、月に五、六万にしかならないんだ。もちろんそこから税金は引かれるし、ちゃんと国民年金とか健康保険とかはいるなんてとっても無理だ。だから、同級生のほとんどはみんな親の家に住んだまま引きこもりになっちゃう。ほんとうはもっと外にでたいけど、そのお金さえない。仕事はない、将来もない、楽しみもない、女の子もいない。ただの負け犬なんだ」

日本は広い。池袋にいるだけでは見えないこともたくさんあるようだった。

「それで、おまえはなにやってんの」

テルは力仕事などしたことのないきれいな指先でパソコンのふたをなでていた。

「今はね、引きこもりになくてはならないのがコンピュータなんだ。同じような暮らしのやつとチャットしたり、あちこちの掲示板をのぞいたりね。昼間のテレビって最悪につまらないから、こいつが一番の暇つぶしになる。マコトさんはワレズって知ってる」

おれもいちおうＡＤＳＬに加入しているくらいだから、それくらいのパソコン用語はわかっていた。

「有償のソフトを無断でコピーして、無料でつかうことだろう」

テルはそこでようやく視線をあげた。西口公園を取りまくガラスの壁面をにらむように目を細めた。

「最初はおもしろ半分だったけど、高校をでてからはこの世界に復讐してやるつもりになった。ぼくたちを田舎のちいさな部屋のなかに閉じこめて、自分たちだけで金もうけばかりしてる豊かな外の世界への復讐だよ。ぼくはファイル交換ソフトをつかって、片っ端からワレズをダウンロードしまくったんだ。３Ｄのアニメソフトやノンリニアの映像編集ソフト、建築用のＣＡＤソフト。最高でひと晩五百万円分のソフトウエアを落としたこともある。ぼくは今、そうやって集めたワレズを地元の友達にレンタルビデオ代くらいの値段で売ってるんだ。売りあげはものすごくすくないけど、いつのまにかワレザーからトレーダーになっていた」

時代は変わるものだ。テルはGボーイズなんかとは、まるで違う形のギャングのようだった。ソフトウエアの国の無法者で、リアルの世界では引きこもりの自称負け犬。なんだかストリートで頭の悪いガキがなぐりあったり、ナイフで刺しっこしていたころが遠い昔に思えた。なつかしきリアルギャングエイジ。おれは目をあげて、頭上のケヤキの枝先を見た。今年の夏も緑はきれいだ。

「でも、ぼくのことはいいんです。キイチに話を戻してもかまいませんでしょうか」

　また改まってテルはそういった。


「キイチは上京して、池袋にある専門学校にはいったんです。家はうちと同じで金なんてないから、高校のあいだずっとバイトして金をためてたみたい。メールでは夜はアルバイトを二軒かけもちして、生活費を自分でかせぎだしてるっていっていた。すごくしっかりしたやつだし、東京にひとりでてくるなんて勇気もあった。いきなり消えちゃうやつじゃないんです」

　おれはモニタの映像を見つめた。テルは人さし指でイメージを切り替えた。今度はどこかの川原で、小型トラックほどある岩のうえにジーンズをひざまでたくしあげたキイチが立っている写真だった。空気の粒をすきこんだ流れの青さに、日ざしを透かす木々の葉の緑。おれはじっと液晶画面を見つめるだけだ。

「三週間くらいまえから、キイチとは連絡が取れなくなったんです。携帯もパソコンも手紙もダメ。まったく返事が戻ってこないし、つながらない。それで一週間してから、実家の郵便貯金の口座にいきなり三百万円振りこまれてきた」

おかしな話だった。一発あてるつもりでマグロ漁船にでものりこんだのだろうか。もっとも合法的な仕事なら、しばらく部屋を空けると家族に連絡するはずだ。テルはもうとまらなくなったようだった。早口は続いている。

「手紙が一通届きました。この金は信也の大学進学のためにつかってくれ。シンヤくんはキイチの弟で、兄弟のなかでも突然変異みたいに優秀なんです。あとは中古パソコンの代金三万五千円がぼくに未払いになってるから、金を返してくれって。ぼくも読んだけど、お金のことしか書いてない手紙だった」

おれは不思議に思ってきいた。

「三週間以上も留守にするのに、理由も書いてないし、金をつくった仕事のこともなかったのか」

テルはうなずいて、また写真を替えた。ＲＰＧで遊んでいるキイチ。どこかのパーキングエリアにいるキイチ。ずいぶんたくさんの写真がファイルされている。なんだかストーカーみたいだ。テルは恥ずかしそうにいった。

「キイチはちいさなころから、ぼくのあこがれみたいなものだったから。ちいさなころぼくは虚弱体質で、田舎では身体の弱い子はいじめられるんだ。キイチは近所に住んでいたこともあって、いつもかばってくれた。だから、今度の失踪はほんとに信じられない。キイチはなにかから逃げるようなやつじゃなかった。いつだってまっすぐにぶつかっていくタイプだったんだ」

「わかった」

おれはそういって立ちあがった。テルはひざのうえにパソコンをのせたまま、小鳥のようにパイプベンチに座っておれを見あげた。

「引き受けてくれるの、マコトさん」

おれは東京芸術劇場のうえに浮かぶ積乱雲を見た。もりもりと内側からふくれあがり、夏空のてっぺん目指して上昇していく。暑いのが大好きなおれには、快適な気温三十度。なんだか久々にやる気がでてきた。

「キイチは池袋に住んでいたんだろ。アルバイト先もこの街のなかだよな」

テルはあわててコンピュータを終了させると、キイチの住所が書かれたメモをさしだした。おれが受けとるとやつはいう。

「ギャラはキイチからもらった三万五千円なんだけど、それでいいかな」

おれは首を横に振った。

「そいつは足代なんかの経費につかおう。おれは金をもらったことはほとんどないんだ。だいたい引きこもりの負け犬なんかから金はもらえないだろ、なっDOWNLOSER」

おれが灰色の石張りの円形広場を歩きだすと、テルはパソコンをたたんで小走りについてきた。


メモの住所は西池袋。二丁目の二十四番地は山手線の線路沿いの一画だった。ウエストゲートパークからは直線距離で五百メートルもないだろう。おれたちはその足でまっすぐにキイチが借りていたアパートにむかった。ホテル・メトロポリタンのまえで通りをわたると、あたりは急に建てこんだ住宅街に変わる。池袋の場合、のみ屋や風俗店と住宅地はほとんど境目なく連続しているのだ。

同じつくりの建て売り住宅や若いやつむけの古着屋が並ぶ一方通行路を、がたがたと線路の音をききながら歩いた。おれたちが数字の住所に見つけたのは、まるで個性のないどこかのハウスメーカーの規格品だった。サンハイツ西池袋。

白い壁に白枠のサッシ、階段も外廊下の手すりも白だった。おれたちは誰かがこぼしたジュースのせいでべたべたする階段をあがった。202号室のプレートには、手書きのローマ字でASANUMAとあった。テルにうなずくと、やつはインターホンを押した。明るい電子音が白い扉の奥で空しく鳴っている。おれは扉をノックした。こちらもすかすかの薄っぺらな音がする。

「キイチ、いないのか」

ちいさな叫び声だったが、テルにはそれで精いっぱいの音量なのだろう。

「はいれるんだろう」

テルはうなずいて、扉のわきにしゃがみこんだ。ガラスの小窓がついた白いふたのなかにガスと電気のメーターが見えた。テルはそのふたをあけてメーターの裏から、ばりばりと音を立ててガムテープをはがした。乾いて硬くなったテープから合鍵をはがしながらいった。

「去年の夏に遊びにきたんだ。あのとき以来誰もこれをつかった人間はいないんじゃないかな。ガムテが古タイヤみたいになってる」

テルが鍵をあけた。おれがノブを引くと、締め切って放置されたままの夏の部屋の熱気があふれだしてきた。この部屋のなかには誰もいない。それだけは、すぐにわかった。

男のひとり暮らしにしては、きれいに整頓された部屋だった。というよりも、キイチはもちものがすくなかったようだ。散らかるほどのものがもとからないのだ。部屋はワンルームで、玄関をはいって右手に下駄箱、その先が廊下で右手にユニットバスの扉。奥が六、七畳のフローリングだった。マットレスは壁沿いに床おきされている。誰かが寝ていた形跡は残っていない。壁にはポスターのたぐいはなく、学習机とうわおきの書棚以外にめぼしい家具はなかった。この机が勉強のときも、食事のときも活躍したのだろう。寝るとき以外は部屋に戻らない若い男の生活が想像できるようだった。

「どうしてだよ」

テルは机のうえにあるデルのノートブックパソコンを見つけてそういった。

「これ、ぼくがネットオークションで格安で落としたやつなんだ。キイチはこいつを大切にしていて、いつももち歩いていた。どこかにいくなら、おいてくなんて考えられない」

おれは部屋のなかを細かく見ていった。小型冷蔵庫のなかは、醬油やマヨネーズなどほんのわずかな調味料がはいっているだけだった。トイレも風呂もしばらくつかった形跡はなかった。もちろん、誰かが争った跡も、血の跡もない。おれがマットレスをひっくり返していると、パソコンにむかっていたテルが叫んだ。

「見てよ、マコトさん」

おれは額から汗のしずくをたらしながら、ディスプレイを振りむいた。画面の中央には携帯かなにかで撮った粗い画質のウインドウが開いている。そこにいるのはウエストゲートパークで見せられた日焼けした健康そうな男ではなかった。頬が落ちて、顔が砂色になったキイチだ。

「いくよ」

おれがうなずくと、テルは動画スタートのアイコンを押した。


ディスプレイのなか砂色の男が話し始めた。

「これを見てるってことは、もうここにきたんだね。父さんか母さんか、もしかするとテルかシゲアキかもしれないな。じゃあ、おれはまだあの部屋から帰っていないんだな。これから、どうなるのか死ぬほど怖いよ。でも、いってくる」

キイチは手首につけた迷彩模様のGショックを見た。

「今、五時だから二時間後にはすべて終わってるはずだ。おれはきっとなんとか帰ってくるよ。父さん、母さん、こんなにでかくなるまで育ててくれて、感謝してる。おれはこっちにでてきて、学校もアルバイトもうまくいかなかった。寝ないで働いて身体も壊すし、うちの専門学校は卒業しても就職先があまりないんだって。このアパートの部屋代も二カ月分も払ってないんだ。おれには東京の水はあわなかったみたいだ」

テルはノートブックパソコンの画面に顔を押しつけるようにしていた。おれはキイチが死ぬほど怖いことがなんなのか、必死に考えていた。だって、こいつの顔は間近に処刑を控えた受刑者の顔なのだ。キイチはまたそわそわと腕時計を見る。なんとか笑顔をつくろうとして、泣き顔になった。

「おれは最後に一発かけてみることにした。どうせ、おれなんか負け犬だから、どうなってもいいんだ。送った金はシンヤがいい大学にいくためにつかってくれ。おれなんかと違って、シンヤはほんとうに優秀だし、うちの家族をおれたちのはまった罠から救いだしてくれると思う。世界はこれからだんだんひどい場所になっていくんだ。シンヤ、しっかり勉強して、うちの一家を助けてやるんだぞ。きちんと授業料の安い国公立に合格してくれ。そのためなら、おれは自分がどうなってもいいと思ってる。あとは頼んだ、じゃあ、いってくる」

終わりのころには、キイチは震えながら泣いていた。やつは画面からさっと横にフレームアウトして、白いクロス張りの壁だけが残された。おれは振り返って部屋の壁を見た。やつの恐怖の輪郭が黒く浮かんでいないか、思わず跡を探してしまう。

動画ファイルはしばらくして終了した。なにがなんだか、まるでわからない不気味な映像だった。ひとりのガキが消えて、三百万の金が残される。しかも、その金は自分より優秀な兄弟のための教育費だという。これが中南米や中国内陸部の話なら、おれにだってまだ理解できる。だが、いくら不景気だとはいえ、ここはGDP世界第二位の日本の話なのだ。

テルがもう一度クリックして、動画の再生がまた始まった。おれはなにか手がかりになるような情報は残されていないか、必死になって砂のように粗い液晶画面を見つめた。

そこにはこれから死地にでかける砂男が映っている。これはほんとうについ先月、この池袋でおきた話なのだろうか。

キイチの映像メッセージを三度繰り返してから、おれたちは部屋をでた。テルは鍵をかけると、階段を駆けおりてきた。

「つぎはどこにいくの」

おれは焼けつく路上でメモを読んだ。

「専門学校とバイト先」

西池袋三丁目のコンビニ、池袋二丁目のファミレス、東池袋三丁目の映像専門学校。すべてこの部屋から徒歩圏だった。キイチは時給の高い深夜にコンビニで働き、明け方ファミレスで清掃のアルバイトをかけもちしていた。そして週に六日授業を受け、課題を提出する。かなりハードな生活を一年以上も続けていたことになる。


おれたちは徒歩六分のコンビニにいき、カウンターでコーラをのみながら店長に話をきいた。

店長はオレンジのお仕着せにエプロンを重ねた四十代の男。夕方まえで店もひまだったから、事情を話すと時間をつくってくれた。店の奥にあるバイト用のロッカーも見せてくれる。

キイチはまじめでよく働き、裏表のないやつだったという。三週間まえに急に長期欠勤を申しでて、日割りでバイト代を清算していった。それ以来、キイチから連絡はない。最近のアルバイトは気にいらなければ、一日どころか数十分でいつのまにか消えてしまうこともあるが、キイチは一年以上も無欠勤で働き続けたそうだ。キイチのロッカーのなかにはクリーニングから戻ってきたオレンジの上着が一枚かかっているだけだった。

つぎのファミレスもほぼ同じような返事。おれたちはがらがらのカウンター席で早めの夕食にしたのだが、キイチはここでも明け方の四時から一時間半の清掃のバイトで無欠勤を記録していた。評判はすこぶるいい。おれはハンバーグのうえにのった半熟玉子を崩しながら、大学でたての若い店長にきいてみる。

「なにか大仕事をやるなんて話を、浅沼くんはしていませんでしたか」

店長は慣れた手つきで空になったコーヒーカップを満たしてくれた。

「さあねえ、彼は一発あてるというタイプではなかった感じだけどねえ」

おれはばくばくと皿のうえをかたづけていた。テルはあまり食欲がないらしく、フォークの先でつついているだけだ。同じシフトで働いていたアルバイトの連絡先を探しに店長がいってしまうと、おれは小声でテルにいった。

「ちゃんとたべておけよ。まだ何日もかかるかもしれないんだぞ。おまえがくってもくわなくてもキイチにはなんの影響もない。だいたい注文しといてそんなに残すなんて、店長に悪いだろ」

テルは玉子をどかして、ハンバーグの角だけたべ始めた。リスの晩ご飯。


好調なフランチャイズチェーンの店長ふたりと会って、手元に数本分の携帯電話の番号が残された。西口公園を歩きながら、最初の一本に電話してみる。

「……はい」

まだ眠そうな男の声がした。おれは通話を切られないようにコンビニ店長の名前をだして、事情を説明した。やつはようやく目が覚めてきたようだった。声だけだって話してる相手が起きあがるくらいはちゃんとわかる。

「三週間まえかあ。そういえば浅沼くんが辞めるまえに、興奮して話していたことがあったような気がする」

おれの背中を百匹の虫が駆けあがったようだった。なにかがつかめそうなときのあの感じだ。おれは相手をせかさず、心臓をどきどきさせながらゆっくり待った。

「なんでもすごい映像を見たって。どんなふうにすごいのかきいても、知らないほうがいいことがあるって教えてくれなかったよ。ただ、とんでもない映像だ、ありえない映像だっていっていた。あれは雨の日で夜中の三時すぎだったかな」

「そのとき、浅沼くんはどんなふうだった」

「すごく怖がっていた。そんな話をきいて、こっちまでなんか怖くなったからさ。ところで、キイチくんて元気なの」

最近どこにいるのかわからないけど、きっと元気だといっておれは携帯を切った。


専門学校はアルバイト先のチェーン店よりも対応が悪かった。学校の事務室にいっても、ほとんど情報をだしてくれなかった。学校はサービス業ではなく、サービスされるほうの業種のようだ。二十分も押し問答して、ようやくわかったのはキイチがこの三週間授業にはでていないことだけだった。

紹介してくれた担任に会いに教務員室にいった。首都高速池袋線の高架橋のそばに建っているビルは築二十年をゆうに超えて、廊下や階段には決して洗い落とせない時間の汚れが染みついていた。

ビデオがいっぱいに積みあげられた机にむかって、キイチの担任はいった。

「うちの学校は卒業までに三分の一は辞めちゃうからねえ。卒業してすぐにテレビ局なんかで働くのも、なかなか有力なコネがないとむずかしいしね。でも、浅沼くんはよくやっていたよ。いろいろな映画や番組をよく見て研究していた」

おれはこの教員の顔を見たときからなんの期待もしていなかった。六十代の初め。どこかの放送局を定年退職して、ここでセカンドキャリアの最中なのだろう。くるくるのパーマヘアにジーンズのベストとパンツ。流行は三十年まえのままとまっている。テルがおずおずといった。

「あの、キイチはいなくなるまえに、ものすごく怖い映像を見たっていっていたらしいんですけど、先生はご存知ありませんでしょうか」

またていねいモードの口調になっていた。教師はなぜか知らないがにやにや笑っていう。

「怖い映像はいくらでもあるからねえ」

そうだろうか。おたのしみのホラー映画ではなく、誰かがほんとうに正気を失うほど恐ろしい映像がそうそう転がっているとは、おれには思えなかった。

専門学校をでたところで、おれはテルにいった。首都高のうえの空は夏の鮮やかな夕焼けに澄んでいる。

「そろそろ店に戻らないと、うちのおふくろがやばい。キイチを探すのは、また明日からにしよう。おまえだって、もうくたびれただろう。朝早く新幹線にのってきたんだから」

トランクをごろごろと転がして、何キロも慣れない街を歩いたのだ。テルは疲れ切っているに決まっていた。

「ううん、そんなことない。でも、今日は終わりにする。キイチの部屋に戻って、なにか手がかりになるようなものはないか、徹底的に探してみる。まだ、あのパソコンもちゃんといじってないし」

おれは気休めのつもりでいった。

「なにかあったら、なんでもいいから連絡しろよ」

おれたちは夕方の五時をすぎて、サラリーマンで混みあう歩道で携帯の番号を交換した。こうやって普通に暮らしているだけで、いつのまにかメモリーがいっぱいになっていく。おれたちの人生だってコンピュータよりほんのすこし複雑なデータ保存システムなのかもしれない。新たな出会いを上書きし、古い記憶は消去される。キイチが生きていた印は池袋の街で、わずか三週間でほとんど消えかかっていた。

夏の夕暮れには、人を感傷的な思索へ誘う力があるようだった。おれがいきなり消えて三週間後、この街のガキどもはおれのことを覚えていてくれるだろうか。

その夜、店を閉めたのは十二時すこしまえ。すぐ二階にあがって風呂にはいり、のんびり新しいCDでもきこうとしたところで、携帯が鳴った。嫌な予感がする。おれは疲れていて、もう動きたくなかった。

「マコトさん、見つかっちゃった」

ききとりにくいほど細いテルの声だった。おれは布団に寝そべったまま、不機嫌に返事をした。

「なにがだよ」

「たぶんキイチが怖がっていた映像」

Tシャツに短パンという夏の寝巻きスタイルで跳ね起きた。

「間違いないのか」

「うん、ぼくもこれ見て、寒くてしかたないんだ。怖いよ、どうすればいいのかな。今夜ひとりで、この部屋にはいられないよ」

おれは脱いだ形のまま畳のうえに伸びていたジーンズを手にして、携帯のむこうにいった。

「すぐにいく。おれもそいつを見てみる」

夜中の池袋を十五分ほど歩く。夏のよく晴れた晩で、ようやく風から昼間の熱気が取れたころだ。デートにでかけるか、目的のない散歩なら、気もちのいい夜だっただろう。西口の駅まえは昼間のような人出だったが、西池袋の住宅街にはいると通りは無人になった。

テルはアパートの外階段の途中で座りこんでいた。風呂あがりで濡れたままのおれの頭を見ていった。

「ごめん。明日にしようか迷ったんだけど」

「いこう」

おれたちは足音を殺して階段をあがった。昼と同じでスニーカーの靴底がべたべたとする。202号室の鍵を開けるまえにテルが情けない声をだした。

「ぼくはこの部屋はいりたくないよ」

扉の奥に貞子でも待っているようだった。だが、池袋にはあんな霊能力のあるオカマ（違ったっけ）はいない。玄関をあがった。蛍光灯は寒々とついたままで、家具のない白い部屋を照らしていた。おれが先に奥の部屋にはいった。

机のうえにはノートブックパソコンが開いていた。スリープモードのディスプレイでは深海のクラゲのような光りの帯がゆっくりとうねっている。テルは立ったままマウスを操作し、DVDドライブを起動した。

「ぼくはさっきたっぷり見たから、マコトさん、座って」

学習机のまえにあるビニール製の回転椅子に腰を落とすと、灰色の画面はいきなり錆びた鉄の扉を映した。それはあとで夢に見ることになる青髭公の城の第一の扉だ。

ゆっくりと振られたビデオカメラは、室内の様子を拾っていく。円形のかなりの広さがある部屋のようだった。直径は十数メートルというところか。中央にはアクリルかガラスの透明な円筒が天井まで伸びている。太さは二メートルほどだ。そこには誰もはいっていないが、床と天井から注がれるスポットライトのまぶしさで、ステージであるのは確かなようだった。

そのシリンダー型のステージを取りまくように、一段低いフロアにこれも丸テーブルと椅子が並んでいた。壁沿いには仕切り板で区分けされたベンチシートが、ぐるりと備えつけられている。インテリアはどれもわざと腐食させたような質感のスチールだ。

客のいりは半分くらいで、テーブルのうえにはアルコールのグラスと、どこかのケータリングに頼んだようなオードブルがのせられていた。

円形の部屋で一番異様だったのは、客の男女の誰もがかけている黒いセルフレームのサングラスだった。きっとこの劇場にはいるときに、手わたされたものに違いない。テルが声を震わせていた。

「始まっちゃうよ」

おれはした唇をかんで、液晶をにらんだ。錆びた扉が開いて、花道を裸の男が歩いてくる。スキンヘッド、耳と眉と鼻にはシルバーのピアス。下半身は黒いゴムの短パンだった。うしろには黒い包みをもった男と女のカップルが続いている。こちらは黒革のベストとパンツという極悪ペアルック。

三人がシリンダーにはいると、サングラスでもよく見えるようにスポットライトが全開にされた。スキンヘッドの頭が汗でぎらぎらと光りをはじく。やつはひざをつき、舌を思い切りつきだした。手にあまるくらいのおおきさの鉗子《かんし》で、女が舌の根元をつかむ。男は医療用の鋏で舌の先に縦に切りこみをいれた。血はぼたぼたと固まりになって垂れる。男はさらに舌の左右にも鋏をいれる。スキンヘッドの舌はヤツデの葉のように先端がよっつに裂けた。

黒革のベストの男はきっと本職の医師なのだろう。鋏をおくと、手早く針と糸で男の舌を縫合していった。鮮やかな手さばきで、きれいに傷口をふさいでいく。そのあいだスキンヘッドは頭のてっぺんから汗を落としながら、うっとりと目をつぶっていた。たぶん麻酔はステージにあがるまえに済ませているのだろう。最後にスキンヘッドは黒い糸で縁取られた四叉の舌を突きだしたまま、ぐるりとその場で一回転した。客によく見せたいのだろう。やつのお気にいりの新しい衣装なのだ。舌の先からは唾液と血の混じった液体が、尾を引いて床に落ちていく。

すべてが終わると三人はガラスの筒のなか客席に一礼して、花道をさがっていった。胸のむかつくような肉体損壊ショーの第一幕が終わった。

「こんなのが延々と続くのか」

おれはテルのほうに振りむくために最大限の努力を払わなければならなかった。不気味で恐ろしいのに、画面から目を離せない。人間の血液には、見る者の注意を集める警報が練りこまれているのだ。テルの顔色は真っ青だった。

「さっき吐いてるのに、また気もち悪くなってきた。もう早送りにして、いいよね」

おれがうなずくと、テルはクリックでDVDを倍速再生にした。客のざわめきやステージから響くうなり声は、すべて消えてしまう。早送りでてきぱきと進行するショーは、さらに残酷さの強度を増していくようだった。プロレスの興行と同じなのだ。前座からしだいに盛りあげて、メインイベントにつないでいく。王道のストーリーだ。

二番手は長髪をうしろで束ねた太った男だった。別な男がふたりがかりで、やつの背中（ちょうど肩甲骨のうえのあたり）に金属の串をとおしていく。人の背に棒を刺し貫くのは大仕事のようだった。太った男は、背中から生えた串にチェーンをかけられ、天井から吊りさげられた。背中の皮はぴんと張ってコウモリの翼のようだ。

「なんだかなあ」

おれは吐き気を隠してそういった。のどが渇いて張りつくようで、声がかすれてしまった。テルがいった。

「あの、三倍速にしてもいいかな。これが最後のメインイベントなんだけど」

おれはテルにうなずいた。今度はコマ送りのクレイアニメーションのように、くるくると人が動きまわる。ハイスピードの分だけ気が楽だ。主役は下着一枚の裸の女、全身白塗りで身体のあちこちに灰色の点線が描かれていた。肩ロースとかフィレとか、牛肉の部位を示す肉屋のポスターみたいだった。女はデブとグラマーの境界線上の身体つきで、とろりと意志のない目で客席を見ている。

花道にすえられたのは、「東京フレンドパーク」の最後にでてくるような的だった。円形の的は中心から細かく区切られている。カメラはさっさと的の文字を映していった。耳、鼻、右手、左手、右ひじ、左ひじ、右腕、左腕、最後の一番広いボリュームゾーン（百二十度くらいか）には乳房とあった。

　スイッチは女の手のなかにあり、的にコードが伸びている。白塗りの女が親指をにぎると、LEDの明かりが円形の的の周囲をぐるぐると走りだした。もう一度女がスイッチを押す。光りの回転は遅くなり、ゆっくりととまった。

　乳房。

　普段ならおれはその字がけっこう好きなのだが、そのときは別だった。横目で確認して、テルにいった。

「このDVDって三倍速以上はないのか」

　テルは真っ青な顔のまま、泣きそうに首を振った。


　おれはもう見ていられなくなり、横をむいて、ときどき猛スピードで進行する乳房切断ショーにチェックをいれた。女は台車つきのテーブルに横になり、乳房のつけ根に描かれた点線にそって止血帯がまかれた。メスは通常のおおきさのものと、フルーツナイフほどある大型のものを併用しているようだ。皮膚はちいさなほう、肉はおおきなほう。切断はさっさとすすみ、張りをなくした乳房がふたつ、溶けかけたアイスクリームのように金属のバットに並べられ、満席になった客席にむけられた。女をのせたテーブルは、ベルトコンベアの勢いで花道をさがっていく。

メインイベントへの拍手は遅れてやってきた。どうやら客たちは女にではなく、残された乳房のほうに拍手しているようだった。

最後に画面は暗転した。英文字のロゴが黒地に白く浮かんでいる。

F&B　No.5

おれはパソコンのDVDをとめた。そのときまで気づかなかったドライブのうなりがやんで、急にキイチの部屋に静けさが戻った。映像の内容について話す気になれずに、テルにいった。

「こいつは、どこで見つけたんだ」

「机の一番したの引きだし。ぼくが焼いてあげたDVD‐Rにまぎれて突っこんであった」

おれはDVDドライブを開き、なかから黒いディスクを取りだした。レーベル面は真っ黒で白抜き文字はあのロゴマークだった。白マジックで10063と数字が書かれている。あたたかな手づくりのにおいというやつだろうか。へたくそな手書きの字だった。

「あのさ、東京ではこんな映像が街でいくらでも売ってるの」

いつもならこんなもの小学校のとなりにある本屋でも売ってると冗談をいっただろうが、その夜はそんな気分ではなかった。

「おれも初めて見たよ。どこか地下の組織が、自分のところの会員にだけ極秘で流してるディスクだろう。あの数字は正直なんじゃないか。こいつは第五巻の六十三枚目のコピーで、きっとどの数字のDVDがどこの客にわたったかも、きちんと管理してると思う。だって内容がやばすぎるからな」

テルは恐るおそるいった。

「こんなの見たら、そいつらに襲撃とかされないかな。マコトさん、今夜、これから、どうしよう」

おれは左手のGショックを見た。新型はソーラーセルがついてるから電池交換不要で、毎朝電波で時刻あわせをしてくれる究極の正確さ。みんな三十万もだして、スイスの機械式を買うより三十分の一でこいつを買えばいいのに。時刻は二時十五分。おれはいった。

「もう寝よう。寝ないと、明日動けない」

おれは明日も朝六時起きで市場にいかなければならなかった。部屋に戻っても眠れるのは三時間半。それでも寝ないより寝たほうが、おれの二分の一倍速の頭脳だって、いくらかはなめらかにまわるというものだ。

もっともそれはあんなショーを見せられたあとで、健やかに眠れるほどおれの神経が太かった場合の話。おれはその夜、自分が円形劇場の主役になる夢を見た。

眠れない夢に限って正夢になるのは、なぜだろう。


昼まえに市場から戻り、果物屋を開けた。嫌な夢ばかり見て、寝不足でふらふらだった。それでも歩道で待ってるテルのために、さっさと売りものを並べていく。考えてみるとおれの仕事は、朝だしたもののほとんどを、夜になってしまうことの繰り返しだ。いつもならトラブルは大歓迎なのだが、あんな映像を見せられたあとでは話は別だった。今度のネタは正直、気が重い。テルには黙っていたが、キイチがもう三週間も姿を消したままなのが不安でしかたなかった。

前日に続く真夏日だったが、テルはおれが切ってやった冷えたスイカもたべずに、青い顔でへたりこんでいた。ぜんぜん眠れなかったに違いない。

「さあ、いくぞ」

テルは情けない顔で赤い三角形の頂点だけかじった。

「甘いけど、もうたべられない」

おれはやつがさしだしたスイカを三口で片づけ、ゴミ箱に放りこんだ。働き、汗をかいて、飯をくう。不健康な映像に対抗するには、健康が一番。こんな街に生きてると、いろいろなものと闘うことになる。最悪の敵はもちろん暗いほうへ悪いほうへと傾きやすい自分自身の心だ。

空元気でもいいから胸を張って歩く。そうすれば、そこからなにかいいことが生まれることもある。ウエストゲートパークにむかうおれのあとを、テルが尻尾をまいてついてきた。寝不足の目には真夏の日ざしは厳しく、西口のビル街はハレーションを起こしてぐるぐると回転しそうだった。

円形劇場をパンするビデオカメラのように。

ケヤキの木陰のベンチに座り、おれは最終兵器に手をつけた。新しい携帯電話。おれがもってる最高の力は、この街に広がるネットワークだ。もともとおれのＣＰＵはそんなに高クロックで作動してるわけじゃない。ただ、誰も知らないネタにアクセスする頻度が、警官やマスコミよりちょっとばかり高いのだ。おれはGボーイズの王様を最初に選択した。揺るぎなく池袋のギャング団を統治するキング・タカシ。相手がでると確認もせずにいう。

「取りつぎはいいから、タカシと替わってくれ」

愉快そうな王様の声がした。

「おれだ。マコト、なんだか追いこまれてるようだな」

池袋でおれより勘のいいガキはタカシのほかにいなかった。いつもの癖で冗談からはいった。

「タカシ、おまえ、SMに興味ないか」

鼻で笑って、やつはこたえた。

「ない。おまえがMなのは、よく知ってるけどな。今度はどんなトラブルに頭を突っこんだ」

おれはキイチの失踪と肉体損壊DVDの話をした。専門学校生が消えたときいても平静なままだった王様は、ディスクの内容には氷のような反応を示した。冷たくなるときは、興味があるときなのだ。ひねくれた王様。おもしろがった声でやつはいう。

「舌先が四つ葉のクローバーになった男と人間こいのぼりに、女の胸だけのオブジェか。悪趣味だな」

おれはタカシの冗談につきあっているひまはなかった。

「F&Bという名前をきいたことはないか」

「知らないな」

おれがその名をだすと、テルは真昼の公園のベンチのうえで震えあがった。石畳をわたってくる風はからからに乾いた熱風だ。今年の夏はやけに湿度が低い。

「なあ、Ｇボーイズのなかに筋金いりのＳＭマニアっていないかな」

タカシは笑って返事をする。

「うちのところは健全だが、なかにはそんなやつもいるかもな。わかった、調べさせておく。だが、そのガキが消えて三週間もたつんだろう。部屋にも戻らず、金もないとしたら、どうやって生きてるんだ」

おれは横に座るテルを見た。やつの横顔は負け犬というより子犬のようだ。わからないといった。

「明日、電話しろ」

通話はいきなり切れた。いつもの王様の電話だ。おれはすぐにつぎの番号を選択した。こちらは池袋の裏世界の王子様というところだろうか。関東賛和会羽沢組系氷高組の本部長代行としてばりばり売りだし中のサル。やつがでると、おれはいった。

「なあ、サル、おまえってＭだよな」

「一度埋めるぞ、マコト。なんだよ、いきなり」

王様と話していて、まえおきなしの話しかたが移ったらしい。おれはわがままな組長の娘に振りまわされていた若衆時代のやつを思いだしただけなのだが。

「そっちの組織に誰かほんもののＳＭマニアはいないかな」

サルはふーっとおおきくため息をついた。

「いるよ。マコト、池袋っていったいどうなっちまったんだろうな。今度おれのしたについた新人は、がちがちのＳＭ狂いで、昨日氷高さんが開いた本部の会議のネタは、ＳＭクラブなんだ。それで、おまえまで真昼間から、おれがＭかどうかきいてくる。この街には恥じらいってもんがないのか」

　サルの口からきくと、その言葉はいかした古きよき日本語にきこえた。死んだ姫とプラトニックラブを貫いたチビ。おれには無理だが、やつにはその言葉をつかう資格がある。おれはいった。

「今すぐ、そのマニアを連れてきてくれないか。見せたいものがある」

「くだらないＳＭビデオだったら、おれは怒るぞ」

　あの黒いディスクの中身は、そっちの世界ではありふれた映像なのだろうか。

「呪いのＤＶＤだよ。一週間以内に別なやつに見せないと、おれの鼻がそぎ落とされるんだ」

「まぬけ」

　数すくない友達なんだから、もうすこしやさしい電話の切りかたがあるだろうに。ヤクザの世界も中間管理職はたいへんなのかもしれない。


　二十分後におれたちは東京芸術劇場の一階にあるオープンカフェに集合していた。おれとテル、サルのとなりに立つのは初対面のガキ。テルはその新人を見ただけで、びびってしまったようだ。決して目をあわせようとしない。

　やつの名は、ギンジ。ぴちぴちのブラックジーンズにスパイクだらけのアンクルブーツ、上半身は白いタンクトップがまぶしかった。そのしたの肌は紺の長袖Ｔシャツでも着こんだようにタトゥーで埋まっているのだ。髑髏《どくろ》、死神、鎌に斧、鎖と風になびく三角の黒旗。死体の開いた眼にゴキブリが張りつき腐汁を吸い、切り落とした首をボールに子鬼がサッカーをしている。見事な西洋暗黒絵巻だった。やつの顔にはかぞえるのも面倒なくらいの銀のピアスが散らばっていた。おれはいった。

「あんたも座ったらどうだ」

直立不動のままギンジは返事をする。

「自分はこのままでけっこうであります」

サルがひと声ほえた。

「声がでかい、さっさと座れ」

ギンジは空いていたイームズ風の椅子に腰をおろした。背はまっすぐなままだ。おれはやつの肩を見ていった。死んだ母豚の内臓に群がる子豚。

「あんたはＳＭの世界に詳しいとサルからきいた。今日はちょっと見てもらいたいものがある。話はあとできかせてくれ」

おれがうなずくと、テルはノートブックパソコンの画面をサルとギンジにむけ、黒いディスクを二倍速で再生した。

ときどき場面をスキップしながら二十分。サルの表情は水のように変わらなかった。さすがにあちらの世界で鍛えられたのだろう、不快でも、腸《はらわた》が煮えくり返るようでも、涼しい顔をしている。ギンジは明らかに興奮していた。スキンヘッドの額に浮かぶ汗とタトゥーのすきまの肌が紅潮しているのですぐにわかる。単純なやつ。テルがＤＶＤドライブをとめるとやつはいった。

「どうせなら早まわしでなく、じっくり見たかったなあ」

身近なところにまた病人を発見。ギンジはそのテーブルでひとりだけハイだった。

「マコトさん、おれもこの円盤もってるんですよ。昔からなんかマコトさんとは話があいそうだと思ってました」

にやにや笑ってギンジはおれのほうに上半身をのりだしてきた。サルが鋭くいった。

「ばかやろう。おまえはきかれたことだけこたえればいいんだ」

ギンジはひざに両手をそろえ、また背筋を伸ばした。おれはいった。

「こんなもの、いったいどこで買うんだ」

「フレッシュ＆ブラッドっていうＳＭクラブです。直接買いにいくか、ネットで注文する。その第五巻は先月の新作です」

クラブの名をきいたサルが反応を示した。ギンジのほうをむいてなにか考える顔になる。

「そのクラブは本部会でうちのおやじがいってた店だな。おまえ、そんなところに出入りしてるなら、なぜおれに報告しないんだ」

ギンジは椅子から飛びあがり、頭をさげた。

「すみません。プライベートな問題かと思ったもので」

サルはあきれた顔をする。おれもいいたいことは同じだった。

「ヤクザにプライベートもくそもあるか。いいから座ってその店のことを話せ」

ギンジは両手をそろえ、背中をまっすぐにして話し始めた。やつの右前腕には大鎌をもった死神が、左前腕には三叉の槍をもった幽霊騎士が彫ってある。若いヤクザ見習いというより、どこかのパンクバンドのベーシストみたいだった。

池袋の街だけでなく、サルのいる世界もだんだんと変わっているのだろう。

肉体と血液という名のSMクラブは去年の年末に、西池袋にできたという。なんでもこの不景気でどこかの証券会社がもっていた社員用の会員制クラブを手放したらしい。クラブのオーナーはバブルのころの豪華施設を格安で買い取り、徹底的に内装に手をいれたそうだ。ギンジはなぜかおれが同類だと思っているらしく、妙におれになれなれしかった。

「マコトさん、東京でSMクラブの三大メッカってわかりますよね」

おれは横目でちらりとサルを見ていった。

「六本木、五反田、池袋」

サルはちいさく首を横に振った。おれはSMクラブにいったこともないのに、なんでこんなことを知っているのだろうか。ギンジはうれしそうにうなずいた。

「F&Bは鳴りもののいりでオープンして、豪華な設備と思い切りハードなショーで人気を集めたんです。今じゃ池袋のクラブのナンバーワンですよ。SMの世界はこっちの世界と違って、がんばってる店にはそれなりにちゃんといい客がつくんです。公平でフェアな世界なんですよ。おれもさっきの第五巻はもってます」

サルがいった。

「あんなもの一枚いくらするんだ」

ギンジはうつむいていう。

「六万五千円。でも、仲間内で金をだしあって、内容のいいときしか買いませんから」

「ばかやろう」

ギンジは助けを求めるように、おれをうわ目づかいに見た。こっちを見るなといいたかったが、おれにはまだやつの情報が必要だった。ボディスーツのように刺青を着た男にいう。

「あの映像はいったいなんなんだ」

「マコトさんなら、わかると思いますけど、プロのショーですよ。噂じゃあの女は性同一性障害で、胸を切除するところをステージで見せる代わりに何百万かの報酬をもらってます。性転換の費用にするらしいですけど。やられるほうもやるほうも納得ずくのプロのショーで、別に犯罪じゃありません」

そんなものなのか。おれはマニアの世界の奥深さにびっくりした。池袋の特定の場所ではそれがあたりまえなのだろうか。このへんのアスファルトをめくったら、ぶよぶよと内臓でもでてきそうで気味が悪かった。おれはサルにいった。

「氷高さんがそのSMクラブの話をしたのは、どういう筋なんだ。やっぱりバックになんかついてんのか」

サルは気のむかない様子だった。

「ああ、今度は北関東のほうのおおきな組織だ。そのクラブを足がかりに池袋の風俗にくいこみたいらしい。風俗店のまわりには金もうけのネタがいくらも転がってるからな」

その話ならおれにもよくわかった。切れ者の組長のことだ、なにかおもわくがあるのだろう。おれはサルをつついてみる。

「おやじさんはなんていってた」

サルは情けない顔をして、ギンジに目をやった。

「不景気で給料もあがらない、リストラで仕事ばかり増えていく、ポストもない。勤め人のストレスはきつくなるばかりだ。いいか、これから伸びるのはヘンタイ産業だぞ」

サルは十五メートルほどの高さはある吹き抜けの天井を見あげた。斜めのガラス屋根には点々とハトが涼んでいる。

「マコト、おれ、仕事の選択間違えたかなあ。こいつの採用理由は、ひとりくらいはほんもののヘンタイがわかるやつが必要だってことらしいんだ。うちの組どうなっちまうんだろうな」

新規マーケットの開拓競争。おれは毎年夏はスイカを売るだけでよかった。サルに同情のバナナを一本。


「そのクラブのオーナーってどんなやつなんだ」

ギンジはたのしそうにこたえる。

「春木顕治っていう指揮者みたいな髪型をした男です。筋金いりのマニアですよ。あの手の店は案外商売のためだけにやってるってところも多いんですけど、あそこは本格的だから」

目をふせたまま固まっているテルに、ギンジはいった。

「このパソコン、ネットにつなげないの」

テルは目をそらせたまま、デイパックからＰＨＳとモデムカードを取りだした。ノートブックの横にさしこんで、インターネットに接続した。画面をギンジにむける。ギンジは素直に礼をいった。

「ありがとう」

やつはサーチエンジンに飛び、Ｆ＆Ｂ　ａｎｄ　ＳＭで検索をかけた。三百件近くのホームページがぞろぞろと引っかかってくる。おれはサルと顔を見あわせた。そっちの世界ではすでに有名なクラブのようだった。ギンジは慣れた手つきで、最初のページに飛んだ。

液晶ディスプレイは真っ黒で、中央に細かな赤字でホームページの移転告知が流れていた。ギンジはそこで画面表示を暗転させた。ただの暗闇だった画面の隅に灰色の扉が浮きあがる。

「Ｆ＆Ｂの裏サイトのいり口です」

クリックすると別なページに飛び、画面は濡れたような赤に染まった。クラブのロゴも文字もすべて黒だった。読みにくくてしかたない。マニアにはそれもありがたいのだろうか。ギンジが声をあげた。

「あっ、明日からオリジナルＤＶＤの第六巻が発売になる」

おれも画面をのぞきこんだ。新しいディスクのタイトルは『切断！　切断！　切断！』だ。すぐに中身の想像がついて、おれはげんなりしたが、ギンジは目をきらきらと光らせている。

「第七巻の製作にもはいるみたいですよ、マコトさん。ほら、これ」

おれはサルといっしょにその告知を読んだ。

［超高額モデル（１００万円以上も可）募集！　男女可！　年齢不問！」

サルと黙って顔を見あわせる。おれたちのとなりのテーブルでは子ども連れの母親がふたり、アイスクリームをくいながら幼稚園のバザーについて話していた。おれたちの世界はいつからこんなに複雑で面倒で残酷なたのしみを求めるようになったのだろうか。


液晶画面をたたんで、サルがいった。

「マコト、これからどうするつもりだ」

おれにはあてはなかった。一時間近くも目をふせたままのテルを見た。

「キイチを探しながら、そのクラブについても調べてみるかな」

サルはギンジにあごの先を振った。

「こいつなら好きなようにつかっていい。なんならあのＤＶＤに出演させてもかまわない。氷高さんには報告をいれておく。ギンジ、いいか、おまえの初仕事だ。しっかりやってこい」

そのときテーブルの足元で、電話の鳴る音がした。着メロではなく、電子的に再現したなつかしの黒電話の呼びだし音だ。テルはデイパックのなかから、携帯を抜いた。

「はい」

テルの目が初めてサルとおれをとらえた。顔色が変わる。おれはいった。

「キイチか」

テルは何度も必死でうなずいた。おれはやつの携帯の裏側に耳を寄せた。かすれてはいるが、男の声ははっきりときこえる。

「久しぶりだなあ、みんなにさよならをいおうと思って、順番に電話してるんだ。テルが最後だ、元気か」

なにかに酔った声だった。だが、調子は底抜けに明るい。こいつはやばいと直感した。突き抜けた明るさなど、あのホームページの暗闇と同じだ。どちらも大切な中間のトーンを捨て去った極端な色なのだ。

おれはボールペンを抜いて、店の紙ナプキンに書いた。

「できるだけ引き延ばせ、どこにいるかききだせ」

テルはうなずき、おれはやつに顔を寄せてキイチの最後の挨拶に耳を立てた。


酔っ払ったような声は続いている。

「うちの母親にきいた。今、テルはおれを探しに東京にきてるんだろう。悪いけど、会えないや。おれには東京って、ぜんぜんあってなかったみたいだ。倒れるまでがんばったけど、だめだった」

テルは泣きそうな声でいった。

「いいからともかく会おうよ。今、どこにいるの」

キイチは完全に自分の世界にはいってしまっていた。

「あ、よくわかんない。川が流れてるけど。昔さ、テルがいってたとおりだったな。なんかこの世界には、どんなに努力しようが無茶をしようが絶対にダメな負け犬っているんだ。おれ、自分だけはそうならないと思ってたけど、やっぱり負け犬だったよ。よくわかったんだ。おれにはもういいことは起こらない、あと五十年生きてもさ」

おれならそんなことはないと叫んだだろうが、テルの反応は違っていた。

「わかるよ。ぼくだって自信なんてまるでないもん。毎日きつくてしょうがない。昨日の夜、黒いディスクを見たよ。何度もトイレで吐いた」

キイチは照れ隠しのようにはしゃいだ笑い声をあげた。おれがそれまでにきいた一番空ろで絶望的な笑い声だった。

「じゃあ、テルにもわかるだろう。おれがどうやって金をつくったかさ。あの金は負け犬からの最後のプレゼントなんだ。おれの身体なんてゴミみたいなものだから。あとはみんなでたのしくやってくれ。おれのことは忘れてくれ」

テルがぼそりという。

「キイチは死んじゃうの」

雲のない夏空のように明るい返事が戻ってくる。

「うん、死ぬ。きっと死んじゃうと思う」

頭がおかしいのかこのふたり。おれは叫びそうになった。テルは涙目でおれを見るといった。

「じゃあ、最後にさ、キイチが死んだら花をもってくから教えてよ。それくらいいいよね。今どこにいるの、そこからなにが見えるの」

キイチは歌うような調子でいった。

「流れる川、やかましい首都高、ガラス屋根の水上バス、金色の雲かウンチ、ハトが鳴いてる、じゃあね、バイバーイ」

浅草だった。花火や花見でおれもなんどかいったことがある。おれはテーブルのパソコンをこわきに抱えて立ちあがった。

「サル、悪いけど伝票頼む。ギンジ、あとで連絡する」

テルは何度も切れた携帯をコールバックしているようだった。

「キイチが電源を切った」

携帯電話を両手でもったまま泣いているテルに叫んだ。

「泣くなら、タクシーのなかにしろ、走れ」

芸術劇場から裏の劇場通りまで光速の半分のスピードでおれは駆けた。


この不景気で空車のタクシーはいくらでもつかまった。池袋から浅草までは、どんなに道がすいていても二十分はかかる。その日は並みの混雑ぐあいで、二十五分以上かかった。こんなときに後部座席にじっとしているのはつらかった。テルは放心して窓の外をむいたままで、おれはずっと心のなかで走っていた。実際にリアルな世界を走るよりずっと疲れるランニングだ。

おれはタクシーのなかで携帯のサイトを検索していた。蔵前の地図を呼びだす。対岸にアサヒビールの金のウンコが見えるなら、隅田川の台東区側だろう。隅田公園のどこかに間違いないはずだ。おれは運転手にいった。

「吾妻橋のたもとにつけてくれ」

あとはキイチの心肺機能が停止するまえに、おれたちがやつを見つけられることを祈るだけだった。なぜか、おれの頭のなかにはギンジの右腕に彫られた死神が浮かぶばかりだったけれど。


橋のたもとでタクシーをおりて、堤防の階段を駆けおりた。隅田公園は川沿いに一キロも続く、おおきな公園だ。野球場がふたつに陸上のトラック、スポーツセンターまである。おれたちは水面に一番近い遊歩道まで一気に走った。広い遊歩道の右手には空より青いシートを張ったホームレスの住宅が規則正しく並んでいる。不潔な印象はなかった。南のビーチに建つしゃれたバンガローのようだ。おれは壁となって対岸から立ちあがる高層ビル群を見あげた。黒曜石の聖火台のうえの金の炎はアサヒビールのビアガーデンだった。隅田川沿いの遊歩道を走りながら、テルとおれは叫んだ。

「キイチ、キイチ」

昼寝をするホームレスはなにが起きたのかという顔でおれたちを見ていた。おれにしたって誰かの名前を叫びながら走るなんて初めての経験だ。さっきのメッセージをきいたあとでは恥ずかしいなどといってはいられなかった。

遠くから近づいてくる救急車の音をきいたのは、テルのほうが先だった。周波数をあげながら、サイレンはこちらにむかってくる。

「あれ、見て」

二百メートルほど上流に人だかりがしていた。なにかを取りまいて、ホームレスや野球のユニフォーム姿の男たちが集まっている。嫌な予感がした。おれたちは走った。堤防のうえから担架をかついでおりてくる救急隊員とほぼ同時に人の輪に到着した。テルはおれより足が遅いので、あとから人波をかきわけてくる。

「キイチ、だいじょうぶか」

おれは初対面のガキの名を呼んだ。黒く濡れたアスファルトのまんなかにパジャマ姿の男が倒れていた。顔は青く、胸はまったく動いていなかった。首からつった布の先には包帯を巻いた左腕が見えた。手首から先はない。おれは黒いディスクの新作タイトルを思いだしていた。

『切断！　切断！　切断！』

人工呼吸と心臓マッサージを開始した救急隊員の横に座りこみ、おれは呆然としていた。テルは人の輪のあいだからこちらを見ている。おれは叫んだ。

「こいよ、こいつは他人じゃないだろ。おまえの友達だったんだろ」

テルは泣きながら首を横に振った。じりじりとさがっていく。うしろにいたホームレスを突き飛ばすと、さらに上流にむかって走りだした。おれがやつのあとを追いかけようとすると救急隊員がいった。

「きみはこの人の知りあいか」

そうだ、ちょっと待っててくれといって、おれはテルのあとを走った。

やつは五十メートルほど先の手すりにもたれて泣いていた。うしろから近づき、そっと肩に手をおくと、顔を両手に埋めたままいう。

「ぼくのせいじゃない、ぼくのせいじゃない」

「誰もおまえのせいだなんていってない。でも、キイチをあのまま放っておいていいのか」

テルは泣き顔をあげて、おれをにらんだ。

「もう死んだんだ。死んじゃったら、なにもできない。関わりになりたくない」

やつの顔は真っ青だった。唇を震わせていう。

「キイチの左手見たでしょう。あんな呪いのディスクなんか見たからいけないんだ。もうぼくたちだってダメなんだ。早くここから逃げよう、マコトさん」

テルは幼なじみの左手を思いだしたようだった。手すりのむこうに顔を突きだし、たっぷりとねばる唾液を吐いた。おれは静かにいった。

「あいつをあのまま名前のない誰かにしておいていいのか。おまえは、あいつの両親から頼まれたんだろう。なあ、DOWNLOSER、尻尾を巻いて逃げるまえに、やることがあるんじゃないのか」

テルはいきなり切れたようだった。

「東京でこんな豊かな暮らしをしてるあんたになにがわかる。ぼくのクラスメートは、仕事もバイトもなくて、みんなしかたなく引きこもりになってんだぞ。うちの高校で自殺したやつだって、キイチが初めてじゃない。もう放っておいてくれよ。なにかをしろなんて、偉そうにぼくにいうな。どうせダメなんだ。キイチのいうとおり、あと五十年生きてもぼくみたいな負け犬には、いいことなんて起こらないんだ」

都会のなかを流れる鉛色の川面と暗さを感じるほど青い夏空を見た。おれはここで生まれたというだけで、それほどのアドバンテージをもっていたのだろうか。確かにキイチの予測にも一理はあった。おれの人生だって、とんでもなく素晴らしいことなんて起こりそうにはなかった。今までと同じように、ストリートに転がってるゴミにまみれて生きるだけだ。おれの声には怒りもいらだちも混ざってはいなかったと思う。おれはそんなに立派な人間ではない。

「おれもおまえと黒いディスクを見たんだぞ。おれの街にあるものだって、クズばかりなのは田舎と同じだ。たくさん金をもち、でかい車にのって、超高層ビルだの日本の未来なんかを設計してるやつらにくらべたら、おれだっておまえと同じ負け犬だ。だけど、テル、おまえはまだ負け犬にもなってない」

テルは不思議そうな顔でおれを見あげた。目は真っ赤だ。おれはいった。

「おまえが山形に帰って、どこかの穴にこもるのは別にかまわない。でもそれはほんものの負け犬になってからにしないか。おまえは自分の力で闘ったことは一度もないだろ。闘ったことのないやつが、負け犬になれるのか。おれといっしょにこいよ。一発やってみようぜ。勝てばおまえは負け犬じゃなくなるし、ダメなら正真正銘の負け犬に昇格できる。それでおまえはなにをなくすっていうんだ」

泣きはらしたやつの目の奥、遥かに遠い場所でちいさな炎がともるのがわかった。手すりを離れ、おれのほうにゆっくりと歩いてくる。やつの肩は目に見えて震えていた。武者震いってやつか。いつだって誰かが自分の足で立ちあがる瞬間を見るのは胸がすくものだ。テルは怒ったような顔でいった。

「わかった。どうせダメだけど、かっこよく負けるためにがんばってみる」

おれはやつの細い肩を抱いて、人の輪に戻った。背中でちいさな波音がきこえる。それはこの川べりの公園にきて初めてきく水音だった。

おれたちはタクシーで救急車のあとを追った。浅草寺病院は浅草寺の五重塔の裏にある救急病院だった。テルはタクシーのなかで山形にいるキイチの両親に電話した。すぐ東京にくるようにいう。言葉はすくなかったが、つらい電話だった。となりに座っているおれまで全身の力を奪われてしまう。

キイチの死亡が確認されたのは、病院について四十分後のことだった。自殺は不審死だから、キイチの遺体は両親の了解も取らずに司法解剖にまわされた。夜遅くには戻ってくるという。

おれたちは地元の浅草警察署の警官にキイチの名前と住所を教えた。三週間まえから行方不明で探していたこと。自殺の原因はわからないこと。あの黒いディスクについては黙っていた。どう警官に話したらいいのかわからなかったし、この鈍感そうな男に話せば、キイチの両親にも話さなければいけなくなる。

事情聴取は三十分ほどで終わった。おれたちはキイチを搬送した救急隊員をつかまえ、事件のときの様子をきいてみた。ホームレスの目撃者の話によると、キイチは手すりにもたれて、つぎつぎと携帯電話をかけ、最後になにか叫んで携帯を隅田川に投げたという。やつは手すりのてっぺんから川に跳びこむと、三十メートルばかり泳いで岸を離れた。周囲の人間はこの暑さでいかれたやつがいるとあきれて見ていたが、キイチは川のなかごろでこちらを振り返り、いきなり水中に頭を沈めた。浮き輪やロープを探すやつ、自分も跳びこむホームレス、あたりは騒然となったが、やつは浮かんでこなかった。ようやくロープで引きあげられたときには十五分以上たっていたそうだ。おれたちが現場に到着したのはその十分後だから、この世で最後にキイチが電話したのはやはりテルだったのだろう。

その夜、おれはひとりで池袋に帰った。キイチの両親に気をつかわせたくなかったし、うちの果物屋の店じまいもある。とんでもなく長い一日だった。おふくろは例によって、このバカ息子って目でおれをにらんだが、おれが疲れ切っているのは察してくれたようだ。がみがみと文句はいわなかった。

まえの晩は黒いディスクの夢にうなされて、ほとんど寝ていなかった。おれは布団に倒れると同時に眠りに落ちた。その夜は、肉体損壊ショーも、ギンジの刺青も、左手のないキイチの遺体も夢には見なかった。

おれが夢で見たのは、テルの目のなかにともったちいさな炎だけだ。だが、どれほどちいさくても、炎には闇を貫いてこちらに光りを届ける力がある。こいつは気のきいた隠喩なんかじゃない。ただの事実。おれたちのちいさな光りは、ほかの人間にきっといつかは届くのだ。

そうでなきゃ、こうやって苦労して長い話をする必要がどこにある。

つぎの朝は市場が休みだったので、ゆっくりと朝寝坊できた。おれの場合、睡眠時間が十分だと割りとよく頭がまわる。CDラジカセにはこれ以外はないというBGMが選んである。バルトークの『青髭公の城』。理由はわかるだろ。わからないやつには、第一の扉の歌詞をちょっと引用しておく。鎖や剣、釘が突きでた杭や真っ赤に燃える鉄串でいっぱいの部屋を見てユディットは歌う。

あなたの城の壁は血だらけよ！　あなたの城は血を噴いている！

フレッシュ＆ブラッド。おれはファックス用紙に水性ボールペンで、これまでに起きたことをすべて書きだした。それぞれの組織の利害関係に、池袋の裏社会のバランス。考えることはいくらでもあった。

汗もかかないほど集中して二時間。おれはうちの店を開けると歩道に跳びだし、昨日のメンバーをもう一度招集した。

全員が集まるまでの三十分間、おれはウエストゲートパークの木陰のベンチで考えていた。それは日本という国の問題だ。空をいく雲は天候の崩れを予感させるように足が速かった。ビルのすきまの空を競争しながらすり抜けていく。

ギンジは昨日あの肉体損壊ショーでさえ、法律上は別段犯罪になるわけではないといっていた。

西洋のスナッフビデオでは必ず、加害者と被害者がいる。だが、日本の黒いディスクにはその対立の構図はなかった。自ら志願したという者が、いきなりステージの中央にあらわれて、犠牲者にも加害者にもなるのだ。

　これは毎年季節ごとに暴露される疑獄事件に似ていないだろうか。すべてを個人に、それも自分から望んだという形で押しつけ、その他大勢はあっというまに観客にまわる。抱えきれない秘密を胸のうちに秘めて自殺する議員秘書や準キャリアの公務員や田舎の町長。やつらだって犠牲者でも加害者でもあるのに、その死は周囲のシステムを揺るがすことはない。問題は封印されて、なにごともなかったかのように世のなかはまわり続ける。

　確かにあんなショーに志願したキイチは愚か者だ。だが、それが法律違反ではないという理由だけで、血の興行をいつまでもこの街で続けさせていいのだろうか。すくなくとも、キイチの遺体と黒いディスクを見たあとでは、おれは絶対に嫌だった。

　誰かがショーをとめなければならない。あの丸い部屋の封印を解かなければならないのだ。

　場所は前日と同じ芸術劇場のオープンカフェだった。今度はふたつの丸テーブルをつないで、今回のキャストが勢ぞろいする。テルとおれ、サルとギンジ、そしてタカシと王のボディガードがふたり。ギンジはまた調子はずれだった。空気の読めないやつ。タトゥーのしすぎで皮膚呼吸が弱まり、脳が酸欠状態なのかもしれない。

「すげえな、なんだか池袋のサミットみたいだ」

タカシは凍りつくような視線で刺青のガキを見つめていた。ギンジはまだおれに親近感をもっているようだ。うれしそうにおれに報告する。

「さっきひとっ走りして、買ってきました」

アルミのテーブルに黒いディスクを滑らせる。今度は通巻第六号だった。タカシがいった。

「そいつが話題のぶっ壊しビデオか」

おれはタカシに歯を見せて笑ってやった。

「いくらおまえでも驚くよ。テル、再生してくれ」

テルは二倍速でスタートさせた。おれは目をそむけ、日ざしのなかのウエストゲートパークを見つめた。カップルとハトとホームレス。平和の光景だ。

第六巻の切断箇所は耳たぶと足の中指と左手首だった。おれはときどき横目で見ていただけだから、詳しい内容はわからない。第五巻に続いてもう一度、詳しく話したくもない。ただ最後にキイチが左手首を落とすところは見ないわけにはいかなかった。右手でしっかり固定した左手首を回転する丸鋸に突っこむのだ。

客席では拍手と歓声が起こっているようだった。音はきこえなくても、手を打っているのはわかる。それで初めて今度の相手がわかった。サングラスをかけ、金もち然としたこの客たちこそが、ほんとうの敵なのだ。こいつらの夜の顔を昼の光りにさらす必要がある。ただフレッシュ&ブラッドを潰しただけでは意味がなかった。

再生が終了すると、誰も冗談をいわなくなっていた。どれほど危険な場面でも、涼しい顔でジョークを飛ばす池袋の王様でさえ、ドライアイスのように冷めて乾いている。おれはいった。

「最後に手首を落としたやつの名は、浅沼紀一郎。昨日の午後、隅田川に跳びこんで自殺した。このショーにはきちんと代価も支払われ、ぎりぎりのグレイゾーンだが犯罪ではないようだ。だけど、法律上の問題じゃなく、おれにはこいつらを許せないんだ。なんとか潰してやりたい」

タカシはやはり王様だった。高貴な無関心でやつはいう。

「おまえの趣味にあわないのはわかる。だが、こいつはものすごく悪趣味な金もうけにすぎないんじゃないか。おれは汚い金もうけなら、ほかにいくらもあると思う。うちのチームを動かすなら、それだけの理由か、メリットがほしい」

おれが弱っているとサルが横から助けてくれた。

「うちのおやじに許可を取ってある。もしあのクラブを潰して、北関東のやつらを池袋の風俗街から追い払えるなら、相応の成功報酬をだしてもいいそうだ。おれは古いといわれようが、あんなヘンタイは嫌いだ。それで北のベースをひとつたたけるなら、うちにとってもこの街にも悪い話じゃない」

タカシは表情を変えずに、三度手をたたいて見せた。

「なかなかの連携プレーだな。いいだろう。Gボーイズはのった。はっきりいっておれもこんな映像には胸がむかつく。マコト、こいつらをたたき潰すアイディアをだせ。なにか考えてきたんだろう」

「なぜ、わかるんだ」

タカシは片側の頬だけで笑ってみせた。

「なんだ、おまえ、このディスクを再生してるあいだ、ずっとぶつぶついってたぞ。だいじょうぶ、やれる、だいじょうぶ。なんだか今回はずいぶんいれこんでるじゃないか」

おれを横目で見てサルもいった。

「おまえ以外はみんなきいてたんだ。ネタを話せよ」

しかたない。おれはその場にいる全員を順番に見てから口を開いた。

「おれがつぎのショーに応募する」

「ヤッホーッ！」

場違いな歓声をあげたのはギンジだけで、残りの五人はあきれておれを見ていた。


それまで黙っていたテルが、顔をあげていった。

「どうして、危険すぎるよ」

おれは氷が溶けたアイスコーヒーからストローをはずし、半分をのどに送りこんだ。あのディスクのせいでのどがからからだったのだ。

「あの円形劇場のなかに一度はいっておきたい。オーナーの春木という男にも会いたい。それでつぎのショーのときには、すべてを世のなかに見せつけてやりたい。そいつをやるには誰かがあのクラブの奥深く潜入する必要がある。ここにいる人間では」

おれは刺青男に笑いかけた。

「そこのギンジか、おれが適任だ。サルのバックは誰でも知ってるし、王様はショーを主催するほうだろ。Ｇボーイズの突撃隊の指揮もある。テルにはこの黒いディスクを壊してもらわなきゃならない」

サルがパソコンからディスクを抜いた。ひっくり返して曇った鏡のような裏面を見ている。

「こいつを壊すって、どうやるんだ」

おれはテルの目を見ていった。

「おまえは違法ソフトの扱いにかけちゃプロ級のワレザーなんだろ。そいつにかかってるプロテクトを破れ。中身を吸いだして、日本中のサーバーにばら撒くんだ。池袋のフレッシュ＆ブラッドを日本一有名なＳＭクラブにしてやろう。警察やマスコミのやつらが、無視できなくなるくらいな」

全員やる気がでてきたようだった。タカシは冷ややかに笑っていう。

「おれはときどきキングなんて退屈だなと思うことがある。たまにはおまえと役を替わりたいな」

おれは残りのアイスコーヒーをのみほした。

「タカシ、おれの仕事のたいへんさと、女にどれほどもてない役か知ったら、おまえびっくりするぞ」

ギンジが心配そうにいう。

「ほんとですか、マコトさん。なんか信じられないけど」

おれはほんとうだといった。だってほんとうにこの役はたいへんなのだ。舞台にはでずっぱりだしな。でも、おれは別な誰かになんてなりたくはなかった。

なあ、あんたの人生だってそうだろう？


それから一時間細かな打ちあわせを続けた。のみこみの悪いテルとギンジも、しだいにおれたちの作戦の全容がわかってきたようだった。ギンジはこっちのほうがＳＭやタトゥーよりおもしろいと興奮していた。終了後、おれはギンジに頼んでＦ＆Ｂの裏サイトをパソコンに呼びだしてもらった。携帯を抜いて、超高額モデル募集の番号を押した。口元に人さし指をあてて、しーっ。テーブルの面々は息を殺しておれを見ている。

「はい、フレッシュ＆ブラッド」

若い男の感情のない声だった。

「モデル募集の告知を見たんだけど」

男はどうでもよさそうにいった。

「うちのＤＶＤを見たことがあるのか」

「ああ、五巻と六巻は見た。金に困ってる。やばい筋から借りちまったんだ。手首どころか、まとまった金を返さないと、命があぶない」

男はそこでようやくくいついてきた。

「そうか。なら明日、面接にくるといい。午後一時に、うちのクラブにこい。場所はわかるな。あんた名前は？　別に偽名でもいい」

おれは新しい名前を考えるのが面倒になった。

「真島誠」

「じゃあ、明日」

通話は切れた。余韻のない会話だ。サルはおれのまねをしていう。

「やばい筋から借りちまったか。おまえ、芝居がうまいよな」

おれはいった。

「氷高組の傘下にも、ものすごく悪い筋の街金ってあるよな」

サルはしぶしぶうなずいた。

「じゃあ、ちょっと力を貸してくれ」

最後にざっと今後の予定をおさらいして、おれたちは解散した。やることがあると、真夏の暑さもあまり気にはならなくなる。急に吹き始めた午後の風に背中を押されて、おれは店番に戻った。


翌日、おれはギンジと待ちあわせて、西池袋の住宅街にいった。この刺青男と歩いているとむこうからくる人間がみなこちらを避けてくれるので便利だ。生あたたかい雨の降る日だった。

「オーナーの春木ってどんなやつなんだ」

ギンジはタンクトップを何枚もってるのだろうか。その日は乾いた血のような暗い赤だった。

「けっこうインテリみたいです。クラブのコンセプトもしっかりしてるし、どこかの店のパクリでもない。四十代の後半だと思うけど、おれもやつの年齢はわかりません」

人間に混ざって怪物が生まれてしまうことがある。やつもそんな理解不能のモンスターのひとりだろうか。自らの自由意志による肉体損壊ショーというのは、悪魔的なアイディアだ。

ビニール傘をさして、緑の色濃い住宅街をいく。池袋というとがちゃがちゃと雑居ビルが建てこんだイメージがあるかもしれないが、駅をすこし離れれば公園も緑もけっこう多いのだ。

「ここです、マコトさん」

ギンジは道沿いに三十メートルも続くコンクリート打ち放しの塀をさしていった。三メートル近くあるフェンスのむこうは、緑の木々が本体の建物を隠していた。ゲートはステンレス製で、大型車が二台楽にすれ違える幅がある。門柱のプレートにはF&Bのほかなにも書かれていなかった。会社なのか、住宅なのか、最近流行の隠れ家風ホテルなのか、とおりすがりの人間にはまったくわからないだろう。

車寄せの中央にはターンテーブルがあった。半円形の曇りガラスのひさしのしたで、おれはインターホンを押した。

「今日の一時に面接の約束をした真島です」

ギンジに外で待つようにいって、おれはそこに立っていた。ひどく長く感じたが、二、三分のことだろう。正面のダブルドアが開いて、黒いスーツの男が顔をだした。

「どうぞ」

昨日の電話の男だった。やつはおれのほうを不思議そうに見て、なかに戻った。おれも続く。広々したロビーだった。前方には吹き抜けの上部に続く石張りの階段、その両わきも階段でこちらは地下におりていくようだ。黒いスーツの男はくだり階段を選んだ。

ほんの六、七段だった。踊り場のようなホールの四隅には、彫刻をのせた飾り台がおいてある。首のない女のグラマーな胸像だ。高級な感じ。男は映画館にあるようなやわらかな詰めものをした扉を開いた。

「あんた、西一番街のマコトだよな。オーナーがなかで待ってる」

黒いスーツのガキはおれの知らない顔だったが、どうやらむこうはおれの正体を知っているらしい。背中に冷やりとしたものを感じたが、なにくわぬ顔でおれは室内に足を踏みいれた。

意識して深く呼吸をしなければならなかった。そうでないと息が詰まりそうだったのだ。そこはあの黒いディスクでおなじみの円形劇場だった。半地下の施設らしく、明かり取りの窓が天井近くをぐるりと取りまいていた。中央にある透明なシリンダーも映像で見たとおりだ。円筒のなかの床は白いタイル張りで、中央にはおおきな排水口がついていた。

丸テーブルのひとつに座っていた小太りの男が、おれに声をかけてきた。

「きみが真島誠くんか。こちらにきなさい」

そのときようやく気づいた。どこかに隠されたスピーカーからジェシー・ノーマンの黒いベルベットのように密なソプラノが流れている。おれはやつのテーブルにむかいながら、円形劇場にある扉の数をかぞえた。

錆びた扉は七枚。バルトークのオペラの『青髭公の城』と同じだった。やつのネタ元が見えてきた。おれが正面に立つと、男はおれに会釈していった。

「背をまっすぐに伸ばして、あごを引いてくれないか」

苦労してそうすると、満足そうに男は続けた。

「いいなあ、真島くんは健康そうだ。うちのショーで一番大事なのは主役だ。自殺志望でも性転換志望でもいいが、健康的でいきいきとした肉体をもっていなければ、主役はつとまらない。わたしはこのクラブのオーナーの春木だ。きみはうちのディスクを見たんだな」

おれがうなずくと、やつは満足そうに笑った。半分白髪の七三分けの長髪、髪で隠されているが頬の肉はあごの線を遥かにはみだしていた。脂肪の固まり。小柄な男だ。白い麻のシャツに黒いパンツ。腰まわりは風船のように丸い。

「それじゃ、説明の面倒がない。きみは三日後の夜、あのシリンダーステージにはいり、電光掲示板の指示する箇所を失うことになる。痛みどめには強力な麻酔薬を用意してあるし、医療態勢は万全だ。なんの心配もいらない」

春木はそこで言葉を切ると、とろけるような笑顔を見せた。

「きみのギャラを決めるまえに、身体を見せてくれないか」

「脱ぐんですか」

両手をうえにあげ見えないオーケストラでも指揮するように春木はささやいた。

「そうだ。壊れるまえのきみの身体を見せてくれ」

おれはオーバーサイズのファットなジーンズと、これもファットなボーリングシャツを脱いだ。Tシャツも脱ぎ、トランクス一枚で春木のまえに立つ。やつはおれの全身をうっとりと眺めた。

「きみの身体は毎日肉体労働をしている若い男性のものだな。うしろをむいて」

気はすすまなかったが、やつに背中をむけた。春木は立ちあがり、おれの背後にやってきた。指先をおれの肩、腰の横、ももの裏側に走らせる。皮の張りを確かめ、筋肉のやわらかさを試しているようだ。

「ますますいい。よくわかりました。真島くん、服を着て、そこに座りなさい」

おれが服を着ているあいだ、やつはにこにこしておれを見ていた。正面に座ったおれにいう。

「きみのことがおおいに気にいった。ほんの十五分で済む仕事だが、三百五十万円キャッシュで払おう。これまでの最高金額だ。つかぬことをきくようだが、なぜきみはそれほど金に困っているのかな。うちのフロアマネージャーが昔きみのことを知っていたようで、不審に思っているのだ」

さっきの黒スーツのガキか。おれはジーンズのポケットから、何枚かの手紙を取りだした。街金の督促状だ。宛先はおれ、さしだし主のローンズ満天は氷高組の息がかかった金貸しだ。アリバイづくりをしておいてよかった。春木はちょこちょこと借りた小銭が、あっという間にふくれあがる金利のマジックを確かめている。おれは投げやりにいった。

「逃げても無駄なんだ。うちの店は西一番街にあるし、おふくろもいる。取り立てはそっちにいくだけだ。おれはすっぱりと街金から縁を切りたい。追いこみがきつくて、頭がおかしくなりそうなんだ」

おれはじっと春木の顔を見ていた。やつの目は魚の目のようだった。いきいきと濡れてはいるが、まったく感情が読めない。春木はいう。

「きみに逃げられてはショーがぶち壊しになるから、これから当日まできみの居場所を確かめておきたい」

春木はポケットから携帯電話を取りだした。薄暗い円形劇場のテーブルに滑らせる。

「いつもそれをもっていなさい。ＧＰＳできみの位置はつねに捕捉できるように設定してある。三日後の正午にまたここにくるように。たのしみだ、いいショーにしてください」

おれは小太りの青髭との面接に合格したようだった。部屋をでるとき、ジェシーは第六の扉を歌っていた。タイトルは涙の湖。おれはキイチの両親が流した涙の量を考えながら、ロビーに戻った。


ダブルドアのまえで黒いスーツのガキが待っていた。黒髪に汚いあごひげ。両腕を胸のまえで組んでやつはいう。

「あんた、Ｇボーイズとつるんでたマコトだよな。なんでも屋の。おれも二年まえまでストリートでしのいでいた。あんたの噂はよくきいたよ。抜け目ないずる賢いやつだとな」

おれは肩をすくめた。

「おまえも街金の督促状見るか。そっちの名は」

やつは首を横に振り、ダブルドアの片方を開けた。

「遠藤浩章。いいか、おかしなことは考えるなよ。こっちには街金が逃げだすようなバックがついてる。わかったか、マコト」

うなずいて扉を抜けた。おれはどこにいっても、この手のまぬけに脅される運命なのだろうか。


クラブの外にでると、ギンジがおれにビニール傘をさしかけてくれた。霧雨になってもまだ降っているようだった。湿った風に春木の指先を思いだす。

「どうでしたか」

「まあまあ。春木には気にいられて、フロアマネージャーには疑われた。ショーは三日後だ。おまえもちゃんと働いてくれよ」

ギンジは胸の髑髏のタトゥーをたたいた。

「まかせてください。ちゃんとやりますから」

おれはよろしく頼むとだけいっておいた。もしこいつの仕事がばれたら、おれの代わりにあの透明シリンダーにはいる可能性もあった。もっともギンジには、それはうってつけの役かもしれないが。


冷たい夏の二日間は静かにすぎていった。おれは店番を続け、ときどき誰かがうちの店先に立っては、作戦のすすみぐあいを報告していく。あのシリンダーのなかにはいるのを想像すると胸が悪くなったが、それは誰にもいわなかった。

テルから呼びだしがあったのは、ショーの前日だった。またオープンカフェにきてくれという。昼すぎ、おれが芸術劇場の広いテラスに顔をだすと、テルがテーブルから手を振った。おれは近くでやつを見て驚いた。頬はこけ、顔全体が引き締まり、精悍さを増している。闘う負け犬。おれはいった。

「だいじょぶか」

テルの目は赤いが、強い光りを放っていた。

「この二日間、完徹だったけどとうとうやったよ。ＤＶＤのプロテクトを破った」

テーブルの中央にはＰＨＳにつながれたノートブックパソコンがおいてある。テルはそいつを誇らしげに見つめていた。

「今日はこれから黒いディスクの中身をネットにさらすんだ。おもしろいショーになるから、マコトさんにも見てもらおうと思って」

やつはパソコンを回転させ、こちらにディスプレイをむけた。画面にはなにかのタイトルがびっしりと並んでいる。「衝撃のおっぱいショー！　無修正版地下映像！」とか「池袋発、会員制ＳＭクラブ、禁断のショータイム？」なんて調子だ。あきれて見ていると、テルがいう。

「タイトルはなるべくばからしくて、エロいのがいいんだ。そのほうがネットではくいつきがよくなる」

おれは周囲を見わたした。ガラス屋根のした、巨大な吹き抜け空間が広がっている。あたりをたくさんの人間が歩きまわっていた。悲惨な映像よりエロい題名のほうが、あたりをはばかられるのはなぜだろうか。

「ネットにそういうものを流すときは、発信元をたどれるようになってるんじゃないのか」

テルはあっさりという。

「うん、そうだよ。自分の家のパソコンからインターネット回線をつかえば、いくらいろんな国のサーバーを経由しても、最近はけっこうばれちゃう。だから、ここにきてもらったんだ。マコトさん、ホットスポットってきいたことある」

ない。おれは首を振った。

「この近くに無線ＬＡＮの基地局があってね、このあたりのエリア内ならどこからでも自由にネットにアクセスできるんだ。ホットスポットのいいところは、そのなかでは匿名性が保たれるってところ。このＰＨＳはサルさんに用意してもらった飛ばしのやつだし、パソコンもよく見て」

おれはマグネシウムのケースを見た。ノートパソコンなんて、どれも似たようなものだが、こいつだけは忘れられない。最初の夜に黒いディスクを見たパソコンなのだ。テルはおれにうなずいていった。

「キイチの弔い合戦だから、あいつのパソコンから攻撃する。いくよ」

テルは右手の人さし指でマウスをクリックした。サイバー攻撃の一撃は恐ろしいほど静かだ。


「待っているあいだに、映像のほうを見てよ」

テルはデイパックからもう一台のノートパソコンを取りだした。静止画のイメージを開いて、おれに見せる。内側だけ血に濡れたシリンダーが映り、画面のしたにはでかでかと真っ赤な文字で、池袋F＆Bとあった。そのあとはあのクラブの電話番号が続いている。

「映像はばらばらのクリップにして、いろんなタイトルでおいてある。でも特撮なんかじゃなくほんものだってわかるように、ワンカットで残酷シーンを見せるようにはなってるんだ。ぼくは昨日あちこちのスレッドに、極悪映像を今日の午後配信するって予告したから、すぐにみんなやってくると思う」

キイチの画面のリストにつぎつぎと記号が点滅した。テルは興奮していう。

「キューがはいってるんだ。先着順にどんどん映像は送られていく。ここでバッテリーが切れるまでアップしよう。これだけインパクトのあるファイルなら、今日一日で何万回もコピーされて日本中に広まっていくはずだ」

おれはテルの顔をじっと見た。やつは不思議そうに見つめ返してくる。

「おまえ、けっこうやるじゃん」

やつは照れて笑う。

「これは得意な分野だから。ワレザーなんて誰でもできるから、こんなのたいしたことないよ」

おれはこの負け犬をちょっと見直していた。

散歩がてら、テルをキイチのアパートに送っていった。天気はいいし、こうしてぶらぶらしてるあいだも、あの映像ファイルが全国でコピーされると思うと愉快でしかたなかった。うしろから声をかけられたのは、人どおりの消えた西池袋の住宅街のなかだった。

「マコト、待て」

あのフロアマネージャーの声だった。振りむくと、黒ジャージの男がふたり、手に黒い警棒のようなものをもって立っている。ヒロアキはにやにや笑いながらいった。

「さっきのカフェでたのしそうな遊びをしてたじゃないか。おまえのことだ。なにか狙いがあるとは思った」

おれの視線は黒い棒に引きつけられていた。やつはたのしそうにいう。

「これか。こいつは家畜用のスタンガンだ。牛なら悲鳴をあげて逃げるだけだが、人がこいつにふれたら、よだれを垂らして失神する」

どうりで余裕のあるはずだった。圧倒的に自分が有利だと信じて、ヒロアキはいいようにしゃべっていた。

「うちのオーナーにも困ったもんでな。おまえの身体がたいそう気にいったらしい。もう掲示板にしかけをしてる。おまえは左腕を上腕からなくすことになりそうだ。なんでも片腕のないダビデ像をつくりたいんだとさ。おい、ガキ、そのパソコンをよこしな」

おれたちは緑の生垣の路地にいた。ほんの十メートルほど先で道は左右に分かれている。テルに口元を隠してささやいた。

「走れといったら、走れ。あそこでふた手に分かれる」

テルは必死でうなずいた。

「走れ」

おれは叫ぶと同時に駆けだした。十メートルを一気に詰め、生垣の角を曲がるとすぐに急停止して、しゃがみこんだ。やつらは絶対におれが逃げると思いこんでいるはずだ。すきができないはずがない。

数歩遅れてヒロアキが走ってきた。足を引っかける。黒いジャージが派手に飛んだ。ほとんど同時におれはやつの背中にダイブした。両手両足をつかって身体を抑えこむ。こんなに密着していては、ご自慢のスタンガンもつかえなかった。おれはムースの甘い香りがするやつの後頭部に、思い切り額をたたきこんだ。三発目でやつの身体から力が抜けていく手ごたえがある。

おれはスタンガンを奪い、立ちあがった。テルを守らなきゃならない。おれが走りだそうとすると、タカシが生垣の角に立ち、笑顔で拍手していた。

「まだなまってないじゃないか、マコト」

路地の先を見ると、もうひとりの黒ジャージがうしろ手にGボーイズに拘束されているところだった。テルはパソコン二台のはいったデイパックを胸に抱いて震えていた。おれは池袋の王様にいった。

「おれを張ってるなら、そういってくれ。まじでやばかったぞ」

タカシは平然という。

「そうか。見た感じ、そうでもなかったけどな。そこの遠藤というやつは見たことがある。どこかのチームのナンバー2で、ヘッドになれなくて池袋から姿を消したやつだ。マコト、このふたり、どうする」

メルセデスのＲＶが静かに路地をはいってきた。おれはいった。

「ショーが終わるまで、どこかに監禁しておいてくれ。どちらにしても、あと一日が勝負だ」

おれたちはその場でばらばらに散った。時間はすべてで五分とかかっていないと思う。テルは震えていたが、キイチの部屋で充電したバッテリーを交換したら、その日はまたホットスポットで黒いディスクをネットに流すという。

六万五千円もする映像が、無料で落とし放題なのだ。いい時代になったものだ。


ショーの当日は、素晴らしい快晴だった。純白の積乱雲と曇りなく鉱物質に輝く青空。おれはいつものように店を開けると、今日は遅くなるとおふくろにいって通りにでた。ウエストゲートパークをすぎて、西池袋にむかう。

F&Bは自由学園の裏にあるのだ。考えてみるともう半年も、うちの店のすぐ近くであんな残酷ショーが開催されていたのである。テルのいうとおり、東京というのは恐ろしいところだ。まあ、この街で育ったおれにはそうでもないけどね。

ダブルドアではまた別の黒服がおれを出迎えてくれた。そのまま円形劇場に連れていかれた。あの拷問部屋では、夜のステージにそなえて春木がセッティングを監督していた。たくさんの作業員が、照明や座席の準備に追われている。おれに気づくと、やつはにこやかにうなずいていう。

「今夜はよろしく頼みますよ」

おれは黙って会釈した。それから黒服に先導されて、楽屋にいった。

壁の片面は鏡張りでテーブルと椅子がおいてあり、反対側にはロッカーと畳敷きのスペースがあった。おれは携帯であちこちに最終確認をいれまくった。なんだか自分がでかい魚の腹にのまれたようで落ち着かなかったのだ。

すべて順調に動いているのを確認すると、おれは畳のうえに横になった。もうなにもすることはない。部屋の隅には14インチのテレビがおいてあったが、そんなものをつける気にはならなかった。おれは家からもってきた文庫本を開いた。

その夜にも左腕を落とされるかもしれないのだ。残酷だったり、悲惨だったりするお話を読む気にはなれなかった。おれがもってきたのは、スタンダールの『パルムの僧院』。登場人物を紹介しよう。サンセヴェリーナ公爵夫人、モスカ伯爵、ランドリアーニ大司教、クレセンチ侯爵。優雅な貴族のあいだで主人公のファブリスは、自分の「幸福の追求」に命をかける。舞台はのどかで美しいスイスの湖畔やイタリアの僧院である。

あのモダンな血のシリンダーを忘れるには、格好の小説だった。上巻の半分をすぎたころには、自分がどこにいるのかさえわからなくなるくらいだった。いい本には、読む者を別世界に連れていく力強い翼がある。幸福なる少数への贈りものだ。

おれはファブリスの恋物語にあまりに心を奪われていたので、ノックの音にしばらく気づかなかった。蛍光灯が明るいから時間がわからなかったが、もう外は暗くなり始めていた。上半身を起こして、ドアに叫んだ。

「どうぞ」

タキシードを着た男がはいってきた。黒いディスクでおなじみのサングラスをかけている。あとに従う黒服は金属のバットをうやうやしくかかげていた。サングラスはいう。

「わたしは医者だ。きみの出番まではだいぶあるが、鎮静剤と局部麻酔を打っておかなければならない。いきなりあんなことをしたら、ショック死する可能性があるからな」

男はショック死という言葉がひどく愉快なようだった。表情を崩して、バットから注射器を取りあげた。おれが太い注射を打ったのは、左肩と腰に一本ずつ。あの注射器のことを思いだすとこうしている今でも、全身に鳥肌が立つ。

注射のあとでは、スタンダールにも集中できなかった。左の肩から先がしびれて、まったく存在感がなくなっていく。目のまえに見える自分の腕の感覚が消えていくのは、掛け値なしの恐怖だ。

それからの時間をおれは独房になった楽屋ですごした。なぜこんな役を引き受けたのか心底後悔したが、おれの場合いつも遅すぎるのだった。次回からは絶対に気をつけよう。特に注射を打たれるような役は断固拒否だ。汗だくで震えていると、またノックの音がした。おれはやけくそになって叫んだ。

「どうぞ」

今度はいってきたのは女だった。工具箱のようなものをもった黒いレザーパンツの女。やつはおれに黒いラテックスの短パンを投げるといった。

「着替えて」

「ここで、すぐにか」

女はおれに目もくれず、工具箱をぱたぱたと開いていく。刷毛と白い塗料の瓶。全身白塗りにされるのだ。あきらめておれは右手だけで裸になり、ひどくはきにくいゴムの短パンをはいた。広げたシートに立って女はいう。

「あら、けっこういい身体してるじゃない。こっちきて、背中むけて」

白い塗料はひどく冷たかった。塗られた瞬間に肌から熱が奪われていく。


三度目のノックはすぐだった。黒服のガキがふたりやってきて、扉から顔をだしていう。

「出番だ」

おれはやつらに両わきを固められて階段をおり、円形を描く廊下を裸で歩いていった。厚いコンクリート打ち放しの壁のむこうから、観客の声がきこえる。おれは一枚の扉のまえに立たされた。錆びた鉄、あの青髭公の城の第一の扉だ。

ドアがゆっくり開くと、歓声がはじけた。円形劇場のなかは照明が落とされ、おれにはスポットライトがあたって、光りでなにも見えなくなった。バブルランプで縁取られた花道をよろよろと中央の透明なシリンダーにむかう。途中からおれのうしろに処刑人風の身なりをした男がふたりついてくるのがわかった。目が慣れると、中年以上の男たちと若い女たちが客席を埋めているのが確認できた。おれは三百六十度に広がる赤い照明のフロアをゆっくりと見わたした。

おれの左手斜めまえのテーブル席にギンジの顔を見つけた。なんだかひどくなつかしい顔だった。やつは黒いタキシードに白いシャツ。となりには紺のイブニングを着たすごくスタイルのいい女を連れている。おれは視線だけで、やつと挨拶を交わした。

「はいれ」

ステージの円筒の一部が横にスライドして、おれはシリンダーのなかに足を踏みいれた。映像を見ただけでは決してあれはわからないだろう。透明な円柱のなかは、ダウンライトで夏の砂浜のような熱気で、誰かの血のにおいが手でつかめそうなくらい濃厚なのだ。

おれの右手にスイッチが押しこまれた。花道には丸い電光掲示板が引きだされ、おれがスタートさせるのを待っている。客の視線はおれに集中していた。これから身体の一部を失うことになる人間に興味しんしんなのだ。感覚鋭敏で趣味のよい客の数々。

　スイッチを押してＬＥＤをまわすと、すぐにもう一度押して停止信号を送った。こんなもの待つだけ無駄なのだ。どうせしかけははっきりしている。ＬＥＤを走る光りの点は、耳、鼻、右腕、左腕、右足、左足とぐるぐると回転を続け、力なくスピードを落とすと、予定どおり左腕でとまった。

　台車にのせられて電動鋸がシリンダーにはいってくる。先ほどまで震えていたおれの身体は、全身汗で濡れていた。処刑人が鋸のスイッチをいれて、シリンダーをでていく。今度は血のにおいにモーターの轟音が重なった。

　最悪のアルバイト環境だ。


　おれは台車に近づき、右手でコードを引き抜いた。観客席の優雅な変態たちが騒ぎだす。静かになったシリンダーのなか、ゴムの短パンから携帯電話を抜いた。フラップを開き、右手に高くかかげて全員に見えるようにしてやる。

　なんだか新型携帯の広告モデルにでもなった気分だ。おれは声を抑えていった。

「前回のショーで手首を落としたガキがいる。やつの名は浅沼紀一郎。残念ながらやつは自殺しちまったが、このクラブのみんなによろしくといっていた」

　マイクで拾ったおれの声はフロアに深々と染みて、円形劇場に流れる時間をとめた。これがほんとうのショーストッパーだ。おれは続けた。

「あんたたちにも家族や友人や、取引先の知りあいなんかもいるだろう。せっかくの素敵な趣味なんだ。みんなにも教えてやれよ。おれはこれから警察に通報する。逃げようとしても無駄だ。最低の犯罪にかかわっていないというなら、サツがくるまでゆっくりとカクテルでものんでいるといい」

七つの扉の近くで人の動きがあった。泥のように溶けて客が出口に重なる。おれは手を高くあげたまま、指先で池袋署を選択した。もっともなにも話すことなどないのだ。すでに通報なら、別な誰かがやっている。

つぎの瞬間には扉がいっせいに開いた。だが、観客たちはひとりも外にでることはできなかった。どの錆びた扉からも青いバンダナで顔を隠したギャングたちが地滑りの勢いでなだれこんできたからである。

花道に立っていた処刑人のひとりが、おれをシリンダーから引きずりだそうとした。やつはおれに手をかけるまえに、スイッチが切れたようにその場に崩れ落ちた。ギンジは家畜用だというスタンガンを振りまわして、おれに笑いかけた。

「一度こいつをつかってみたかったんですよね」

タカシがボディガードを連れて、花道を歩いてきた。

「ここの警備体制はなってないな。ネクタイを締めたチンピラが、五、六人正面のゲートに詰めていただけだ。だいじょうぶか、マコト」

おれは透明なシリンダーのなかでひざをついた。寒いのか暑いのかわからずに震えていたのだ。左手はまだまったく感覚がなかった。自分でさわっても、誰か他人の腕にふれたようだ。

ギンジはそんなおれを携帯のＣＣＤで撮っていた。やつは今夜のショーのあいだじゅう、細かなムービーメールをいくつもあのオープンカフェで待つテルに送信していたのだ。芸術劇場の周囲に広がるホットスポット。テルはそいつをネットに片っ端からアップする。

おれはどこかの前衛舞踏家みたいに白塗りの裸身を全国にさらしたことになる。ちょっと恥ずかしかったが、そいつはサングラスをかけた客たちが受けた衝撃の比ではなかった。だってあの円形劇場には、泣いたりわめいたりしている男女がけっこういたのだ。

池袋署から警察官がやってきたのは、十五分後で、現場は大混乱になった。刑事たちもいい迷惑だっただろう。クラブ側は不法侵入されたといい、Ｇボーイズはおれを助けにはいったといい、おれはいきなり左腕を落とされそうになったという。

誰の証言が一番有効だったかって。それはもちろんおれに決まっている。だって、電動鋸がうなりをあげるシリンダーのなかで、おれは裸で倒れていたのだ。もっとも今回鋸のスイッチをいれたのは、このおれだったのだけど。

いくら鈍い警官だって、あのシリンダーにはいり血のにおいとつかいこまれた鋸の刃を見れば、なにがあったか想像できるだろう。現代オペラと同じである。演出の勝利だ。


騒動のあとで、おれは警察に連れていかれた。タカシはどさくさにまぎれていつのまにか消えていたが、Ｇボーイズの何人かとＦ＆Ｂの何人かもいっしょだった。客はすべてその場で帰されたが、全員の身元が確認され、後日取り調べを受けることになった。いつ呼びだしがくるのか、みな戦々恐々として待つことになるだろう。いい気味だ。

一方ネットでの反応は、強烈な磁気嵐のようだった。テルがアップした映像には数百万のアクセスがあって、一時期はあちこちのサーバーが連鎖的にダウンして関東の半分くらいでインターネットがつながりにくくなったそうだ。

今回のネタは新聞やテレビでは、問題が問題だからあまり取りあげられることはなかった。だが、週刊誌やスポーツ新聞では正反対。毎回のように追跡記事が掲載され、見出しはどんどん過激になった。おれも無知な被害者Ａの役まわりで、夏のあいだずいぶんと取材をこなした。おれの書くコラムでもこの十分の一の反応があればいいのだが。

池袋でナンバーワンといわれたＳＭクラブ、Ｆ＆Ｂは事件の余波で店をたたむことになった。まあ、あれだけの騒動を起こしたら、もう暗闇好きな客たちは店に寄りつかないだろう。誰だって注目の的になって肉体損壊ショーをたのしめるほど腹は太くない。だってクラブのまえには写真週刊誌の車が交代で張りついているのだ。

西池袋は静かな住宅街なのにいい迷惑である。

暗いニュースといえば、ショーの直後に失踪したオーナーの春木のこと。やつは潜伏先の群馬の山のなかで、木に縛りつけられているところを発見された。耳のしたから耳のしたまで、首の

ほぼ半周を切り裂かれた出血多量の遺体である。犯人はまだつかまっていない。たぶんつかまることはこれからもないだろう。だって、どこかの組織が口封じのためにプロにやらせた仕事なのだ。もう犯人は国内にいるはずもなかった。

最後に首を切られたとき、やっぱりやつはうっとりした目で流れ落ちる自分の血を見つめたのだろうか。おれにはその場面はうまく想像できなかった。不思議なことに、ほんの一週間まえに会ったばかりのやつの顔が、思いだせないのだ。

印象に残っているのは、あの魚のような目とやわらかに湿った指の腹だけだ。

タカシとサルとは、すべてが終わってからいつものラスタ・ラブで会った。ガラス張りのＶＩＰルームでタカシはいう。赤いベロアのソファがこれほど似あう男はおれの知りあいではやつだけだ。

「おまえの白塗りは見ものだった。おれなら、いくらもらってもあんな格好はしたくないな」

氷高組からはかなりの額の報酬がＧボーイズに流れたときいたが、正確な額は知らなかった。そいつはおれが知らないほうがいいことだ。タカシは笑っていう。

「おまえは、今回も金はいらないのか」

おれはうなずいて、そこのクラブで一番高い酒をお代わりした。

「今晩おごってくれれば、それでいい。あとは美人の相手でもいれば文句なしだ」

サルがおれのわき腹をこづいた。

「それなら、ギンジにきいてみな」

端っこの席でちいさくなっていたギンジが、目を輝かせておれにいう。

「このまえF＆Bでおれのとなりに座ってた女、覚えてますか」

うなずいた。紺のイブニングを着た、『マトリックス』にでていた女優に似たすごいスタイルの女だ。

「あいつがマコトさんのこと、ひと目ぼれしたんですって。で、おれと同じでSM好きだっていったら、もう断然やる気で絶対に会わせてくれって。今度合コンやりますから、顔だしてくださいよ」

ギンジはまだおれが自分と同類だと思っているようだった。サルとタカシはにやにやと笑いながら、おれを見ている。あんな女とつきあえるなら、ちょいとそっちの勉強をしてもいいかと思ったが、反対のことを口にしていた。

「悪いな。おれSMよりもっとハードなことをする特定のパートナーがいるんだ」

ギンジは残念そうにいった。

「なんだ、おれたちが組んだら、SMクラブの女なんて引っかけ放題なのになあ」

最後の言葉にぐらりときて、おれはやっと携帯の番号を交換した。

誰だって気が変わるときがあるもんな。おれはまだ若いし。


そして最後にテルのこと。

あのショーの夜から一週間、やつは東京観光に励んだ。といってもほとんどはでかい電気屋のある秋葉原や新宿に足を運ぶばかり。一枚百円の台湾製ＤＶＤ－Ｒを三百枚も買いこみ、コピー用の中古パソコンを買いあさる。あまりに荷物が多くなったので、おれもやつが山形に帰る朝、東京駅まで見送りにいってやった。

東京駅のホームで横に並んで、缶コーヒーをのんだ。ホームのひさしの先、磨き立てのように輝く線路に夏の空が細く映っていた。都心の乾いた風が何本も続くプラットホームの柱を抜けていく。テルが細い声でいった。

「今回のことはほんとうにありがとう」

別に返事のいらない挨拶だった。おれはもうひと口冷たいコーヒーをのんだ。

「隅田川のところで、ああやってマコトさんにしかられなかったら、ぼくはあの場から逃げだしたと思う。キイチからも自分からも尻尾を巻いてさ。この先もずっと逃げ続けただろうな。でも、よかった」

テルはおれの目をまっすぐに見る。

「今だって、金もないし、定職もない。未来のことなんてぜんぜんわからないけど、帰ったらみんなにいえるんだ。ぼくは一度はやった。ほんとうに自分の力で闘ったんだって。もう、これからは胸を張って負け犬だっていえるんだ」

負け犬にだって牙はあるし、ときにはかみつくことだってできる。あたりまえの話だった。おれはいった。

「ＤＯＷＮＬＯＳＥＲか、おまえの腕なら、東京でコンピュータの仕事をして十分にくっていけるぞ。それでも山形に帰るのか」

テルは恥ずかしそうにうなずいた。

「うん。いつも悪口ばかりいってるけど、あそこにはぼくの知ってる人たちがいて、こんなぼくのことを気にかけてくれる。経済もダメだし、仕事もないけど、やっぱりぼくが帰るのはあそこだよ。いつも憎んでいたはずなのに、東京にきてよくわかった。ぼくは山形が好きだよ。人がすくなくて、車も走ってなくて、緑ばかりで、虫が多くて、不景気で、そういう全部が案外好きなんだ」

それはおれが池袋が好きなのと同じなのだろう。おれたちはみな、生まれて最初に吸った土地の空気を、一生肺の底にためて生きるのだ。テルはひとりで笑っていう。

「ぼくはあの田舎町で、いつも同じ人の顔を見て暮らし、あそこで結婚して、あそこで死ぬんだろうな。ねえ、マコトさん、いつか山形にくることがあったら、ぼくに案内させてよ。池袋と違って一時間で終わるから、そうしたら今度の闘いの話を何度もしようよ」

それは誰でもなかったガキが、正真正銘の負け犬になるまでの物語だ。何度繰り返しても、輝きを失うことのない冷たい夏の冒険のネタなのだ。

新幹線がホームに滑りこんでくると、油くさい風がおれたちの髪を乱した。ベンチを立ちあがり、テルに右手をさしだした。やつのちいさな手がしっかりとおれの手をつかむ。

「何度も話すのか。それ、いいアイディアだな。いつか必ず顔をだすよ、じゃあな」

おれはほんの十日でぐっと大人の顔つきになった負け犬に笑ってうなずいた。ホームをおりる階段でも一度も振り返らなかった。さよならをいう必要などなかった。

おれは山手線のホームへ歩きながら、空想にふけった。いつか今回とは別な夏に、やつの故郷にいく日のこと。おれたちはやかましいセミの鳴き声のなかで、なつかしい闘いの話をするだろう。空を雲が走り、そこには川が流れているといいなと思った。

だっておれやテルみたいな爽やかな負け犬には、そういう場所がぴったりだからな。

初出誌「オール讀物」

東ロラーメンライン　二〇〇二年十二月号
ワルツ・フォー・ベビー　二〇〇三年一月号
黒いフードの夜　二〇〇三年四月号
電子の星　二〇〇三年七月号

電子《でんし》の星《ほし》
——池袋《いけぶくろ》ウエストゲートパークⅣ

2003年11月30日　第１刷
2005年６月10日　第９刷
著　者　石田衣良《いしだいら》
発行者　白幡光明
発行所　株式会社　文藝春秋
東京都千代田区紀尾井町3-23
郵便番号　102-8008
電話（03）3265－1211
印刷　凸版印刷
製本　加藤製本
定価はカバーに表示してあります

ISBN4-16-322390-8